AF197192

Manfred Liedtke

Der Mann, der unter der Brücke saß und Handharmonika spielte

Erzählung

1. Auflage 2016

tredition GmbH, Hamburg
Dezember 2016
978-3-7345-8423-7 (Paperback)
978-3-7345-8425-1 (e-Book)
Alle Rechte dieser Ausgabe vorbehalten
© 2016 Manfred Liedtke
Umschlag: Simone Söndgen • mail@simone-soendgen.de
Coverbild: Simone Söndgen • mail@simone-soendgen.de
Redaktion und Satz: Ulrike Rücker • info@lektorat-ruecker.de

Bibliografische Information der Deutschen Nationalbibliothek:
Die Deutsche Nationalbibliothek verzeichnet diese Publikation
in der Deutschen Nationalbibliografie; detaillierte bibliografische
Daten sind im Internet über http://dnb.d-nb.de abrufbar.

»Wer sich Ziele setzt, geht am Zufall vorbei.«

(Stefan Zweig)

PROLOG

Und wieder hielt sie ihn in der Hand, den Roman ›Ungeduld des Herzen‹, die einzige nicht-wissenschaftliche Publikation im Nachlass ihres Vaters, die sie mit allen anderen Büchern dem Antiquariat Gero von Puttkammer überantwortet hatte. Der Roman war retourniert worden, da er auf der Widmungsseite eine sehr persönliche Zueignung enthielt.

Erstaunlich: Ihr Vater hatte sie selbst hineingeschrieben; die zweite Strophe des Gedichts ›Eine verliebte Ballade für ein Mädchen namens Yssabeau‹ von François Villon.

Im tiefen Erdbeertal, im schwarzen Haar,
da schlief ich manches Sommerjahr
bei dir und schlief doch nie zu viel.
Ich habe jetzt ein rotes Tier im Blut,
das macht mir wieder frohen Mut.
Komm her, ich weiß ein schönes Spiel
im dunklen Tal, im Muschelgrund ...
Ich bin so wild nach deinem Erdbeermund!

Fraglos ein Novum. Ihr Vater, der sich so gar nicht für Unterhaltungsliteratur interessierte – »Sachbuch ja, Belletristik nein«, pflegte er stets zu sagen –, war offenbar für die Liebe über den Schatten seines literarischen Geschmacks gesprungen. Auch erstaunte sie, warum der Roman im Bücherschrank ihres Vaters stand und nicht etwa in einer französischen Etagere. Nun aber, nach Begutachtung der Widmung und so, wie Henriette sie begriff, handelte es sich wohl um eine Amour fou zwischen ihrem Vater und einer Französin. Datiert war das Ganze mit ›Paris, 30. Juli 1963‹, und endete mit einem ›Je t'aime ma petite chérie – Jakob‹.

In Eile hatte Henriette den Roman zu den Erinnerungsstücken in einen der Umzugskartons geworfen. Ihr wurde die Zeit knapp, denn zwischen der Auflösung des väterlichen Haushalts in Köln und dem Abflug zu einer Konzertreihe in Argentinien blieb ihr nur ein Tag. Henriette, die erste Geige in einem Rundfunksymphonieorchester, wollte diesen Tag mit Paul in Warschau verbringen. Paul, Dirigent und Henriettes Ehemann, dessen gutes Aussehen mehr Auffallen erregte, als sein kompositorisches Talent, hatte eine vorübergehende Verpflichtung an der Opera Narodowa.

VIER JAHRE SPÄTER

Während ihr Vater neben dem Grab ihrer Mutter in einem stilvoll bepflanzten und von Gärtnern gepflegten Grab auf dem Kölner Melaten-Friedhof seine letzte Ruhestätte gefunden hatte, waren Henriette und Paul von Köln-Lindenthal nach Hamburg gezogen. Der Karton mit all den Erinnerungen an ihren Vater lagerte seitdem ungeöffnet im Keller ihres Hauses in Hamburg-Uhlenhorst. Der Roman war vergessen. So auch das Rundfunksinfonieorchester, das Henriette bald nach ihrem Umzug verlassen hatte. Sie startete eine – nicht nur von Paul – beneidete Solokarriere. Paul, inzwischen Dirigent eines bekannten norddeutschen Sinfonieorchesters und nur noch auf dem Papier Henriettes Ehemann, hatte sich aus ihrer Liebe zu einander verabschiedet. Formvollendet, jedoch unbeugsam, hatte Paul sie gebeten, das Haus im Uhlenhorst zu verlassen. Sie hatte Pauls Entrüstung damals nicht verstanden. Er selbst kein schillerndes Beispiel ehelicher Treue, konnte Henriette die acht Minuten ihres Lebens nicht verzeihen. Acht Minuten, in denen ihr ein Flötist in der Toilette eines Flugzeugs das Fliegen verschönert hatte. Trotz seines eigenen Hangs zu One-

Night-Stands konnte Paul nicht nachvollziehen, dass eine Konzertgeigerin, ansonsten nur der hehren Klangwelt verpflichtet, auch einmal ungezügelte Lust überfiel – und das auch noch in einer Flugmaschine.

Da saß sie nun in ihrer neuen Wohnung zwischen Umzugskartons, eine gut aussehende dreiunddreißigjährige, mit Musikpreisen ausgezeichnete Star-Geigerin, und dachte an Paul. Paul war ihr großes Frühlingserwachen gewesen – und jetzt? Vor ein paar Tagen war sie seiner Einladung zum Essen gefolgt, um die Scheidung mit ihm zu besprechen. »Warum dieser *One-Flight-Stand*, Henriette, warum gerade dieser Flötenspieler?«, hatte er sie gefragt. Sie war cool geblieben. »Wir waren eben in Stimmung«, war ihre Antwort gewesen, doch sein Blick hatte weiter Unverständnis gezeigt. »Mensch, Paul, er saß neben mir und seine Begeisterung für mich war ebenso wenig zu übersehen wie deine für Chiara Ferro, dieser italienischen Opernsängerin.« Nach Pauls Antwort: »Männer sind eben so, Männer müssen jagen«, hatte sie ihn angelächelt, sich erhoben, ihm die Serviette ins Gesicht geworfen und das Restaurant verlassen.

Rien ne va plus – außer einem guten Essen. Eine Floskel, der sich Henriette bediente, wenn ihr Leben aus dem Ruder lief – und das tat es zurzeit gewaltig. Reden mit Cesare und Völlerei, das war es, was sie jetzt brauchte. Lachend schlüpfte sie in ihre Sneakers, band sich ihr Haar zu einem Pferdeschwanz, prüfte auf dem Balkon die Außentemperatur. Beschloss, ihre Jacke dort hängen zu lassen, wo sie hing und fuhr durch die laue Sommernacht, ins *La Strada*, einem italienischen Restaurant in der Nähe des Hamburger Fischmarkts.

Es war keines jener Etablissements, in dem sich das maskuline Personal Antonio nennen lässt und der Wirt, ein Nichtitaliener mit norddeutschem Akzent, älteren Damen »Ciao bella« ins Ohr säuselte. Das *La Strada* war die Verkörperung sizilianischer Ursprünglichkeit und seit Jahren die Reparaturwerkstatt für Henriettes Seelenleben. Nicht nur die exzellente Cucina povera, der hervorragende Nero d'Avola, auch ihr Freund Cesare, der sizilianische Wirt, machte das *La Strada* für Henriette zu etwas Besonderem.

Begegnete man Cesare zum ersten Mal, dachte man zwangsläufig an die sizilianische Mafia. Cesare sieht nicht nur aus wie Marlon Brando als Don Vito Corleone in ›The Godfather‹, er benimmt sich auch so – »zum eigenen Vergnügen«, sagt er. Es gab reichlich Mutmaßungen nach der Eröffnung des Restaurants. Hauptsächlich über Cesares Flüge in die Mafiametropole Palermo. Doch als sich herausstellte, dass Cesare schwul ist, war es vorbei mit den Gerüchten, denn einen schwulen Mafioso konnte sich Hamburgs feine Gesellschaft einfach nicht vorstellen. Die Flüge nach Palermo blieben, das Gerede verstummte und Cesares *La Strada* wurde zum angesagtesten ›Italiener‹ der Hamburger *High Society*.

AUF ZU CESARE

Sie dachte an Paul. Nun vermiss ich diesen Scheißkerl auch noch, ärgerte sich Henriette, als sie auf dem Weg zu Cesare vom Klosterstern in die Rothenbaum-Chaussee einbog und dabei ihre Wut so kräftig an dem Gaspedal ihres Oldtimers ausließ, dass sie am U-Bahnhof Hallerstrasse von einem Peterwagen gestoppt wurde. »Sind Sie auf der Flucht?« Dämlicher geht's nicht, dachte Henriette, reichte dem Beamten die verlangten Papiere und sagte: »Ich habe mein Pensum heute schon abgelacht, Herr Wachtmeister!«

Er lächelt sie an. »Gut, dann kommen wir doch gleich zum ernsten Teil.«

»Darum möchte ich Sie auch dringend bitten!«

»Haben Sie Alkohol getrunken?«

»Ich komme nicht von einem Besäufnis, ich fahre zu einem!«

»Ja, gnädige Frau, wer seinen Kummer fleißig begießt, dem gedeiht er auch ... Also, die Geschwindigkeitsüberschreitung von 20 km/h bei Erstmaligkeit kostet Sie 70 Euro.« Noch im Sprechen füllte er den Strafzettel aus und reichte ihn ihr samt der Papiere. »Und schon sind wir fertig. Dann noch einen gedeihlichen Abend.«

»Danke, den werde ich haben, Herr Wachtmeister.«

»Polizeihauptwachtmeister, bitte! Und immer schön dran danken: Die größte Gefahr im Straßenverkehr ist ein Auto, das schneller fährt, als seine Fahrerin denken kann.«

»Sie sind ja ein Quell an Weisheit! Darf ich Sie nach Ihrem Namen fragen, Polizei-Haupt-Wacht-Meister?«

Schmunzelnd reichte er ihr seine Karte.

»Ihr Vorname ist Paul?« Henriette besah sich den Polizisten prüfend, als würde sie ihn mit dem altvertrauten abgleichen, und lachte unvermittelt laut auf. Und lachend fragte sie ihn: »Kann ich jetzt weiterfahren?«

»Natürlich!« Er tippte mit dem rechten Zeigefinger kurz an seine Schirmmütze und wünschte ihr gute Fahrt.

Oh mein Gott, dachte sie und startete ihren Mercedes 190SL. Sie hätte diesem Sprücheklopfer gerne noch den Stinkefinger gezeigt, doch sie hatte nicht das geringste Verlangen, von ihm ein zweites Mal angehalten zu werden. Jetzt brauche ich meinen Mendelssohn, beschloss sie und fuhr kurz hinter der Hartungstraße in eine Parkbucht. Sie suchte, fand und schob sie in den Player, die CD mit dem Violinenkonzert in e-Moll op.64. Kein Musikstück konnte Henriette so mit Sanftmut erfüllen wie dieses – und sanftmütig wollte sie sein, wenn sie das *La Strada* betrat und Cesare umarmte.

Sie drehte die Lautstärke etwas auf. Das Allegro molto vivace liebte sie. Zufrieden mit sich fuhr sie den Gorch-Fock-Wall hoch und pfiff auf alle Pauls dieser Welt.

Erstaunt sahen die letzten Konzertbesucher, die aus der Laeiszhalle kamen, dem roten Sportwagen hinterher. Zwei ältere Damen, untergehakt, blieben stehen. »Mendelssohn«, sagte die eine. »Wie schön«, sagte die andere und zeigte auf den Vollmond, der über Planten un Blomen stand. Sie hakte sich noch etwas fester bei ihrer Freundin ein. »Was für ein wunderschöner Abend!«

DER KLATSCH

Ab Frühjahr bis in den Herbst hinein betreibt Cesare für den gehobenen Touristen eine Außengastronomie, ausgestattet mit exklusiven Outdoor-Lounge-Möbeln und beheizbaren Sonnenschirmen. Die tourende Provinz-Snobiety lässt sich hier gern einmal bei Kaffee und Kuchen mit dem Smartphone fotografieren, um das so entstandene Bild umgehend an ›liebe Freunde‹ zu versenden. Was, wohlgemerkt, der hanseatischen Gediegenheit durchaus widerspricht, denn: Hamburgs Upperclass speist nicht outside, weder bei Tage noch am Abend. Hamburgs Upperclass diniert in wohltemperierten Räumen an reservierten Tischen. Obwohl der eine oder andere ehrwürdige Hamburger Kaufmann, auf Wunsch seiner Geschäftsfreunde, den Salat schon mal sommers unter Cesares Sonnenschirmen verspeist, bleibt es dann dennoch hanseatisch gediegen beim Vornamen und Sie – dem sogenannten *Hamburger DU*.

Sollte George Clooney mit seiner Entourage bei Cesare auftauchen, er würde das *La Strada* traumatisiert verlassen. Die Damen der ehrwürdigen Senatoren, Kaufleute, Schiffsmakler, Banker und Reeder würden ihm keine Beachtung schenken. Hanseatische Gediegenheit zeigt keine Neugier in der Öffentlichkeit – dafür umso mehr im Privaten. In ihrer Beauty-Welt, im Golfklub oder beim Tennis gilt uneingeschränkt das Gegenteil. Ohne Neugier ist das Leben nicht lebenswert, und Klatsch, bis hin zur Intrige, ist ein Laster, das erfreut.

Paul wäre von Henriettes Treiben über dem Atlantik ahnungslos geblieben, hätte er sich nicht eine Gesichtspackung bei *Make & Up*, Hamburgs Top-Werkstatt für Body-Renovierungen, auflegen lassen.

Henriette ähnelte nicht nur der Schauspielerin und ehemaligen Kommissarin aus dem Frankfurter Tatort, Nina Kunzendorf, Henriette verhielt sich auch wie diese Kommissarin. Zu burschikos für die jungen, zu *unworthy* für die alten Damen der Hamburger Oberschicht. Beide Generationen verstanden nicht, dass sich Paul eine ›Einfache aus dem Rheinischen‹ geholt hatte. Paul gehörte zur Elbchaussee und seine Frau sollte wenigstens in der Nähe des Feenteichs geboren sein. Bei Hamburgs Crème de la Crème galt Henriette zwar als herausragende Künstlerin, aber eben nicht als standesgemäß. Paul dagegen zählte schon immer zur Sonderklasse und war der Begehrteste unter den verheirateten Männern. Besonders bei den Ladys, deren Verfallsdatum an den Händen ablesbar war, die nach einer Nacht mit ›Shades of Grey‹ oder ähnlich erotischer Literatur den jungen

Briefträger schon mal im anrüchigen Negligé nicht *nur* an der Haustür empfingen.

BEI CESARE

Ich muss doch bescheuert sein, mich in die Höhle der Löwinnen zu stürzen, dachte Henriette, als sie ihren Mercedes vor dem *La Strada* parkte. Neuigkeiten über sie und Paul hatten sich zwar schon immer schneller als ein Lauffeuer verbreitet, doch die Trennung beider schlug ein wie ein Blitz in die Boudoirs der hanseatischen Damen mit Neigung zur Häme.

* * *

Kurz nach einundzwanzig Uhr schließt Cesare täglich den Außenbereich des *La Strada* und öffnet die Bar. Sie ist dem Restaurant angeschlossen und sorgt für einen harmonischen Ausklang mit Zigarre und einem Single Malt.

Cesare verabschiedete gerade die letzten Gäste des Außenbereichs, als Henriettes roter Mercedes vor dem Restaurant hielt. Sie nahm ihre Tasche, eine aus Jute gefertigte Provokation in der Welt derer vom alten hamburgischen Schlag. »Henriette, so etwas verkauft man auf dem Wohltätigkeitsbasar an Krethi und Plethi! So etwas hängt sich unsereins nicht um!«, lautete die schroffe Aufforderung ihrer Schwägerin, mit dieser Tasche nicht noch einmal zum Five o'Clock ihrer Mutter zu erscheinen.

Cesare trat an Henriettes Mercedes.

»Hallo Cesare!«, grüßte Henriette aus dem geöffneten Fenster.

»Hallo!«, entgegnete Cesare erstaunt. »Dich habe ich heute Abend nun wirklich nicht erwartet!«

»Wieso?«

»Solltest du nicht in Chicago sein?«

»Cesare, erst in der nächsten Woche! Du wirst schusselig, mein Alter.« Henriette stieg aus und umarmte ihn.

»Nun, dann haben wir ein Problem.«

»Und das wäre?«

»Paul!«

»Ach nee!«

»Dein Noch-Ehemann sitzt mit der Ehemaligen von Piet van der Leeuwen in der Bar.«

Piet van der Leeuwen, Mittelfeldspieler und millionenschwere Fehlinvestition eines Hamburger Fußballklubs, hatte auf einer privaten Osterfeuerparty seiner niederländischen Geliebten Lieke de Haan eine gescheuert und sie danach sitzen lassen. Nun hatte sich Paul offenbar Liekes armer Seele angenommen. Et kütt wie et kütt, dachte Henriette heimatlich und hakte sich bei Cesare unter. »Na denn mal los, alter Mann, gehen wir da rein!«

»Henriette, willst du das wirklich?«, fragte Cesare besorgt.

Doch sie lächelte nur. »Ja, das will ich wirklich!«

»Aber das Hanse-Commercium feiert heute«, er sah Henriette an, »in allen Räumen!«

»Und das sizilianische Zimmer, Don Cesare?«

»Ist besetzt!«

»Cesare, bitte, ich möchte heute Abend bei dir essen.«

»Gut, wenn ein charmanter Franzose dich nicht stört? Also dann, per favore Signoria!« Doch sein Blick wurde skeptisch. »Dir ist schon klar, dass wir durch die Bar müssen?«

»He, nun ist gut! Ich werde Hamburgs Who is Who keiner Belustigung aussetzen.«

Es war Henriettes fester Wille! Jetzt nicht feinnervig werden, keine Emotionen zeigen, nicht die Selbstbeherrschung verlieren, redete sie sich gut zu. Und versprach es sich und Cesare. Aber zwischen reden und tun liegt das Meer, besagt ein italienisches Sprichwort – und Henriettes Meer war der Fußballsport! Sie interessierte sich nicht für Fußball. Folglich kannte sie auch keine seiner Götter und schon gar nicht deren Gespielinnen. Henriette ahnte nicht, dass ihr guter Vorsatz durch ihren Mangel an Interesse zwischen zwei Feuer geraten würde. Hätte sie sich mehr für Fußball und das Theater drumrum interessiert, hätte sie gewusst, dass die Damen der Fußballgötter oftmals schön anzusehen waren, aber nicht unbedingt Format hatten. So ging sie, untergehakt bei Cesare, direkt in die vorprogrammierte Verpuffung ihres festen Willens. Hätte sie das, was nun folgt, geahnt, sie hätte sich nicht durch die Bar in das sizilianische Zimmer begeben. Sie hätte es sich draußen in den Outdoor-Lounge-Möbeln bequem gemacht. Bei Kerzenschein und als Privatgast des *La Strada*.

DER EKLAT

Gedämpfter Gesang mit Klavierbegleitung. Ein schrilles Lachen riss den Pianospieler aus seinem dezenten Geklimper mit rührig gesungenem ›My Way‹. Die Gäste, in verhaltene Konversation vertieft, fuhren zusammen. Auch hier in der Bar ist Lautheit verpönt. Empört sah man auf Lieke de Haan, die mit Paul an der Bar saß. Liekes Zeigefinger wies auf Henriette und Cesare. Paul blieb zunächst souverän cool, wurde aber dann doch nervös, als Lieke de Haan, schon etwas animiert, mit niederländischem Akzent kreischte: »Nee, da komt dein verflossen Fiedlerin!«, dabei wieder in schallendes Gelächter ausbrach und schließlich mit einem: »mit so 'ne olle Kerl!«, ihre Peinlichkeit beendete. Paul wurde augenblicklich klar, was hier gleich stattfinden würde und versuchte noch mit einem leichten Kopfschütteln in Richtung Henriette die Katastrophe abzuwenden. Er gab ihr so zu verstehen, bitte nicht hier und nicht jetzt. Aussichtslos! Henriette nickte leicht und zischte: »Oh doch, mein Lieber, hier und jetzt!« Dann fiel auch Henriette coram publico aus dem Rahmen. Ihr sonst so exzellentes Benehmen verließ sie einfach.

Cesare flüsterte: »Non, non, Henriette, non!«

Doch Henriette hörte ihn nicht, wollte ihn nicht hören. Sie löste sich von seinem Arm und ging zu den beiden an die Bar.

»Sie sollten nicht so viel trinken, meine Liebe!«

»Je bent hier te veel!«

»Bitte?«

»Du bist hier überflüssig!«, wiederholte Lieke ihr niederländisch Gesagtes auf Deutsch.

»Natürlich, Verehrteste, entschuldigen Sie! Aber Sie sollten wirklich nicht so viel trinken.«

»Waarom?«, verfällt Lieke wieder in ihre Muttersprache.

»Weil Sie dann nicht mehr mitbekommen, wie schlecht Sie von diesem Arschloch gefickt werden! Ich glaube, eine solche Enttäuschung haben nicht einmal Sie verdient!«

Fassungslos, als würde die japanische Kirschblütenkönigin auf dem hanseatisch-japanischen Kirschblütenfest einen Striptease hinlegen, starrte Hamburgs Upperclass auf das Geschehen an der Bar. Lieke de Haan war die Erste, die ihre Fassung wiedergewann. Ohne sich in Schranken zu halten, griff sie zur Murano Vase, die neben ihr auf der Bar stand, entnahm ihr die Lilien, legte sie vorsichtig beiseite und schüttete das Wasser aus dem lila Gefäß direkt in Henriettes Richtung. Dann geschah das, was am nächsten Tag Stadtgespräch werden sollte: Das Wasser traf nicht Henriette, sie war geistesgegenwärtig zur Seite gesprungen, sondern eine Lady aus Hamburgs feinster Gesellschaft. Diese reagierte überraschend spontan, so als hätte sie auf eine derartige Gelegenheit gewartet. Gänzlich vom ererbten ladylike verlassen, schenkte sie Champagner in ihr Glas, ging zur Bar und goss den Inhalt des Glases, mit dem Wort »Putain«, was auf deutsch Hure heißt, in Liekes offenherziges Dekolleté. Lieke schrie auf, sprang vom Barhocker, stieß der Society-Lady ihren Ellenbogen in die Seite und verschwand nach draußen.

Paul hatte sich wieder entspannt, grinste Henriette an und war der Meinung, dass Hamburgs Crème auch nicht mehr das sei, was sie früher einmal war. Er folgte Lieke.

Cesare rettete, was zu retten war und föhnte die gnädige Frau wieder trocken. Henriette verschwand in Cesares sizilianischem Zimmer, der Bartender stand lächelnd hinter der Bar und näselte: »Wow, cool.«

Das Ganze wäre für alle Beteiligen eine zwar geschmacklose, aber zumindest nicht publizierte Begebenheit geblieben, gäbe es da nicht die Zufälle der besonderen Art. In dem Moment, als Paul die gedemütigte Lieke vor dem Lokal einholte und sie ihn postwendend ohrfeigte, machte Hannes Metzinger mal wieder den Paparazzo. Metzinger, freier Zeitungsschreiber und mit Lieke befreundet, stand mit seinem Peugeot vor der »Prominentenpinte«, wie er Einrichtungen dieser Art zu nennen pflegte, und wartete auf Lohnendes. Wie immer mit einer schussbereiten Kamera und zu jeder journalistischen Sauerei entschlossen!

Er winkte Lieke zu sich und redete mit ihr. Danach stieg sie heulend in seinen Peugeot und die Stadt hatte am nächsten Morgen ihre aufgepeppte Klatschgeschichte.

Metzinger blieb an der Geschichte dran wie es im Zeitungsjargon so schön heißt. Wie viel Champagner dieser Auftritt Cesare als Entschuldigung gekostet hatte, würde Henriette in den nächsten Tagen in der Boulevardpresse lesen können. Sie würde auch lesen, dass ihr künstlerischer Höhepunkt nicht wie geplant bei der Eröffnung der Elbphilharmonie stattfinden würde, denn die ›Champagnerlady‹, eine Französin und geborene d'Hourtinet, war Mäzenatin dieser überteuerten Senatsbaustelle, und »*diese Geigerin*« hatte nach Auffassung von Madame den Bogen, im wahrsten Sinne des Wortes, weit überspannt.

DAS TONSTÜCK

In dem Moment, als Henriette nach ihrem Auftritt in der Bar Cesares sizilianisches Zimmer betrat, ahnte sie nicht, dass Paul, ihr Frühlingssturm, nur ein Frühlingslüftchen war. Sie ahnte nicht, dass dieser Franzose, der da in einer Ecke saß und in ein Notenheft Notenzeichen schrieb, ihr ganzes Leben umkrempeln würde.

Henriette aber pflegte ihren Zorn, und wenn sie damit beschäftigt war, dann war sie *nur* damit beschäftigt. In dieser Verfassung würde jedes unpassende Wort Henriettes Status quo nur zum Schlechteren verändern. Sie ignorierte seinen Gruß, sah nicht in seine dunklen Augen und wurde so auch nicht verzaubert von seinem hinreißenden Lächeln. Sie hörte nur, wie er sagte: »Ich bin Jean-Marc! Warum so ungnädig, schöne Frau?« Damit hatte Jean-Marc, ohne es zu ahnen, die Lunte für eine gewaltige Explosion zum Entzünden gebracht. Henriette klappte die Speisekarte zu, hob den Kopf, sah zu dem Franzosen rüber und wollte gerade explodieren, da bemerkte sie neben ihm ein Akkordeon – und dieser Anblick löschte augenblicklich die Zündschnur.

Henriette liebte Akkordeons über alles! Es muss so um die 60 Jahre alt sein, dachte sie. Erstaunt sah sie von dem wunderschönen Instrument in das Gesicht des jungen Franzosen. Die Mischung aus Schönheit, seinem Lächeln, der nicht auf Wirkung bedachte Charme, haute sie um. Im selben Augenblick war Paul Vergangenheit.

»Entschuldigen Sie, dass ich Sie so angestarrt habe.« Wieder dieses unglaubliche Lächeln. »Sie sind doch Henriette von Flint?«

Das ist kein Mensch, dachte Henriette, das muss Apoll sein! Hätte ich gewusst, dass in den Hinterzimmern von Cesare griechische Götter verkehren, ich hätte mich etwas schicker gemacht.

»Richtig, ich bin die Fiedlerin!«

»Fiedlerin?«

»Ja, Fiedlerin! Jedenfalls nannte mich eben noch die Gespielin meines Mannes so!«

»Oh!«

»Nur kein Mitleid, Verehrtester.« Sie zeigte auf das Akkordeon. »Können Sie auf diesem Ding da auch spielen?«

Er sah sie erstaunt an. »Ja, sicherlich kann ich auf *diesem Ding* auch spielen!«

Henriette merkte sofort: So geht das hier nicht. »Entschuldigen Sie mein Benehmen«, sagte sie daher, »ich weiß, das ist nicht in Ordnung. Ich habe mich in der Bar ein bisschen geärgert und …« Henriette hielt inne und dann: »Quatsch! Die Wahrheit ist, Sie sind ein gut aussehender Junge mit einer gehörigen Portion Charme und Sie spielen offensichtlich Akkordeon. Das macht mich ziemlich nervös, mein Lieber!«

Er nahm das Instrument lächelt und fing leise an ›La vie en rose‹ zu spielen. »Sie sind eine ziemlich direkte und schöne Frau, Henriette!«, sagte er. »Ich möchte mit Ihnen schlafen.«

Henriette lachte. »Gleich, oder lassen Sie mir noch etwas Zeit zum Essen?«

»Magst du ›La vie en rose‹?«

»Schon, aber nicht als Appetizer für einen One-Night-Stand.«

»Und ein Glas Wein?«

Henriette befürchtete, wenn sie seine Einladung annehmen würde, wäre dies wieder einmal nur einer ihrer unglücklichen Versuche, glücklich zu sein, der unweigerlich in ein Bett führen würde!

Er bemerkte ihre Zweifel. »Entschuldigen Sie, Henriette, auch mein Benehmen ist unverzeihlich!«

Sie sah ihn an, sah in dieses ernste wohlgeformte Gesicht. Sah seine Betroffenheit. Es war nur ein tiefer Atemzug lang, in dem sich ihre Blicke begegneten, doch in diesem kurzen Moment fühlten beide mehr als nur Sympathie füreinander. Henriette versuchte, diesem irritierenden Gefühl etwas entgegenzusetzen und zeigte auf die Käseplatte, die neben seinem Notenheft auf dem Tisch stand. »Das da wäre der richtige Appetizer!«

Er erzählte ihr von Paris, von Fontenay-sous-Boi, wo er aufgewachsen war, von seiner ersten Liebe. Vom ersten linkischen Sex im Park Bois de Vincennes. Sie lachten beide darüber. Er erzählte ihr von seinem kanadisch-sizilianischen Vater, der mit seiner französischen Frau, Jean-Marcs Mutter, in Fontenay-sous-Boi, in den 80ern des letzten Jahrhunderts, hängen geblieben war. Er erzählte auch, dass er in Hamburg Komposition studierte und bei Cesare, seinem Onkel, wohnte. Er erzählte von dem Mann, der unter der Brücke gesessen und Handharmonika gespielt hatte. Dem er als Kind zugehört hatte und dem er seine Leidenschaft für das Akkordeon und die Valse Musette verdankte. Und dann küsste er Henriette.

In der Zeit der ersten Liebe, fiebrig von diesem neuen Gefühl, hatte sie ihre Mutter einmal gefragt, wie sie erkennen könne, dass ein Mann sie liebt. Wenn ihm die Treue Spaß macht, hatte ihre Mutter kurz geantwortet. Sie hat oft an diesen Satz denken müssen, wenn Paul eine Affäre beendet oder angefangen hatte. Sie hatte ihn geliebt, trotz seiner Affären. Er war für sie Musik und er war liebevoll! Hätte man Henriette gefragt, ob Paul *sie* liebt – sie hätte diese Frage nicht beantworten können.

DER NÄCHSTE MORGEN

Im Erwachen, die Augen noch geschlossen, dachte Henriette: Ich werde jetzt nicht neben mich greifen und dann enttäuscht seinen Namen rufen. Ich werde mich jetzt nicht benehmen wie in einer amerikanischen Liebeskomödie. Mich nicht verzweifelt in meinem Negligé auf ein Fauteuil werfen und dann glücklich sein, wenn die Tür aufgeht und er mit einer Tüte Donats erscheint. Sie rief also nicht seinen Namen, warf sich auch nicht verzweifelt in ein Fauteuil und wartete nicht auf Donats, doch sie griff neben sich und war enttäuscht über die Leere.

Henriette schätzte das kleine Glück, die kurzen Momente, die Minuten, Stunden oder auch Tage in Zufriedenheit. Was ihrem privaten Glück an Dauer fehlte, das glich es mit Tiefe aus. Sie verzweifelte nicht an des Lebens kalten Duschen. Dauerhaftes Glück gab es für Henriette nur in der Musik. Beethoven, Mozart und Mendelssohn waren die Männer, die sie ohne Reue lieben konnte. Die Liebe, das hatte ihre Mutter auch stets gesagt, war nicht alltagstauglich. Wäre die Liebe von Romeo und Julia nicht durch Gift und Dolch so jung geendet, sie hätte den Alltag nicht überlebt! Früher oder später hätte es Streit darüber gegeben, ob es nun die Nachtigall war oder die Lerche, die Romeos banges Ohr durchdrang.

Dann eben nicht – basta, dachte Henriette und schloss die Augen wieder. Da die Vehemenz ihres »Basta« jedoch nicht ausreichte, um den schönen und hüllenlosen Franzosen vor ihrem inneren Auge verschwinden zu lassen, fiel Henriette schaudernd nun auch noch Goethes Gretchen ein. Sie hatte sich in Gretchens sehnsüchtiges Lied noch nie einfühlen können und es seelenlos auf ihrer Abiturfeier deklamiert.

Sein hoher Gang,
Sein' edle Gestalt,
Seines Mundes Lächeln,
Seiner Augen Gewalt,

Und küssen ihn,
So wie ich wollt',
An seinen Küssen
Vergehen sollt'!

Erstaunt darüber, dass sie sich an Teile des Textes immer noch erinnern konnte, verstand sie erst jetzt – Jahre später –, was Studienrat Simon damit meinte, als er ihr auf der Probe zurief: »Mehr Gefühl, Henriette! Es geht hier um Liebesleid.« Dieses Erinnern ließ sie aus dem Bett springen – sie musste sofort ihren Mendelssohn hören.

Meine Ruh' ist hin,
Mein Herz ist schwer;
Ich finde sie nimmer
Und nimmermehr.

Von der Erkenntnis überwältigt, dass auch sie ihre Ruhe nicht finden würde, hastete Henriette in die Küche, um die Mendelssohn-CD in einem der Umzugskartons zu suchen. Sie wollte sich beruhigen, wollte darüber nachdenken, was mit ihr gerade passierte. Doch Mendelssohn war nicht zu finden. Er ruhte im Player ihres Mercedes. Enttäuscht trat sie mit einem ihrer nackten Füße so heftig gegen einen der Umzugskartons, dass sie aufschrie. Mit diesem Tritt gab Psyche zunächst einmal Ruhe, nun aber marterte Physis sie!

Ganz dem Schmerz hingegeben, humpelte Henriette über den Flur. Sie wollte ins Bad, ihren Zeh unter kaltem Wasser kühlen. Doch weit kam sie nicht, es läutete. Henriette machte kehrt, humpelte zur Wohnungstür und sah durch den Spion – niemand! Sie öffnete die Wohnungstür dennoch und sah sich im Treppenhaus um. Als sie auch hier niemanden entdeckte, kam sie darauf, dass draußen jemand geklingelt haben könnte. Ohne nachzufragen, betätigte sie den elektrischen Türöffner. Ihre

Erwartung löste sich schnell in Luft auf, als sie die schwerfälligen Schritte auf der Treppe hörte. Das ist er nicht, dachte Henriette enttäuscht. So anstrengend konnte die Nacht für den Franzosen nicht gewesenen sein, dass er nicht mehr ohne Schlurfen die Treppen hochkam. Ich habe da ja wohl ganz schön mitgearbeitet.

Wütend auf sich, dass sie sich benahm wie eine Gans, warf sie die Tür einfach zu und wollte gerade anfangen zu heulen, da klingelte es wieder – Sturm! Sie riss die Tür auf. Der Hauch von Hoffnung, der noch irgendwo in ihr geglommen hatte, starb sofort. Ihre Managerin stand vor ihr. Keuchend, in der rechten Hand das Titelblatt einer Hamburger Boulevardzeitung, japste sie: »Sag mal, Liebelein, wat haste da denn angestellt?«

›Skandal um berühmte Geigerin
Henriette von Flint sorgt in Promi-Bar
für einen Eklat.‹

Henriette starrte auf die Schlagzeile, wollte gerade losbrüllen, als die Tür der gegenüberliegenden Wohnung sich öffnete. Henriette sieht ihr Gegenüber erstaunt an. Vor ihr stand eine Frau mit auffälligem Gesicht, groß, kantig mit der beherrschten Ausstrahlung einer Löwin.

»Freifrau zu Maier-Stubnitz!«, stellte diese sich vor. »Guten Morgen, Frau von Flint.«

Auch das noch, dachte Henriette. Eine von denen, die nur zu Herrn *von* Jesus beten. Zurückhaltend erwiderte sie den morgendlichen Gruß.

»Haben Sie schon gelesen, was über Sie in der Zeitung steht?«

»Nein! Aber Sie werden es mir sicherlich gleich erzählen, Frau Müller-Stubnitz.«

»Freifrau zu Maier-Stubnitz!«

»Ob nun zu, von, Freifrau, Müller oder Maier, dass ist mir ziemlich schnuppe«, entgegnete Henriette brüsk. »Was wollen Sie überhaupt von mir?«

Lydia Lewitzky, Henriettes Managerin wurde langsam nervös. Sie kannte ihre Freundin in diesem Zustand und versuchte, sie in die Wohnung zu ziehen.

»Liebelein, mach ed nid noh schlimmer!«

Die etwas schräg gestellten, harten Augen ihrer Nachbarin sahen Henriette an. »Ich möchte Sie bitten, dieses Haus nicht mit Ihren Skandalen in Verbindung zu bringen. Auch Ruhestörungen in der Nacht sind wir hier nicht gewohnt. Bitte richten sie sich danach, Frau von Flint!«

»Lassen Sie mich doch bitte mit ihrer feudalen Muffigkeit zufrieden!«

»Feudale Muffigkeit?«, wiederholte Freifrau zu Maier-Stubnitz entrüstet.

»Wer seinen adligen Stammbaum so offensichtlich herauskehrt wie Sie, Freifrau zu Maier-Stubnitz, der sollte sich nicht wundern, wenn er angepinkelt wird!«

»Adel, meine Liebe, sitzt im Gemüt, nicht im Geblüt! Dank dieser Tatsache erdulde ich Ihr Defizit an Umgangsformen mit Nachsicht. Guten Morgen!« Lächelnd wandte sich Freifrau zu Maier-Stubnitz der Treppe zu.

Irritiert sah Henriette ihrer Nachbarin hinterher und Lydia Lewitzky flüsterte: »Touché.«

In dem Moment, als Lydia Lewitzky Henriette in die Wohnung hineinschieben wollte, blieb Freifrau zu Maier-Stubnitz auf der vierten Treppenstufe stehen und weckte abermals mit ihrem »Pardon, Frau von Flint« Henriettes und Lydias Aufmerksamkeit. Der gutgläubige Gedanke, dieses Pardon könne der Beginn einer Entschuldigung werden, verließ Henriette jählings, als ihre adlige Nachbarin ein schamloses Lächeln aufsetzte und fortfuhr. »Ich muss schon sagen, à la bonne heure, meine Teure! Von dem würde ich mir nicht nur nachts das Akkordeon spielen lassen!«

Lydia lachte auf und fragte: »Habe ich hier was verpasst?«

Freifrau zu Maier-Stubnitz hob die Arme und gluckste: »Höre, bemerke, aber schweige, wenn es nicht der Sache dienlich ist!«

Nun sah Henriette rot und fragte lautstark: »Von was und von wem reden Sie eigentlich?«

»Von Ihrer attraktiven nächtlichen Ruhestörung, Frau von Flint.«

Lydia Lewitzky sah Henriette erstaunt an und fragte überrascht. »Waaaas, Paul ist wieder ...?«

»Quatsch«, fuhr Henriette Lydia in die Parade, »die Alte meint das Akkordeon!«

»Natürlich, alles klar, das Akkordeon ... Liebelein, was ist hier eigentlich los?«

»Ein Adonis ist los, meine Liebe«, flötete die Adlige amüsiert.

»Adonis ist los ... ach so ... und das mit der Quetschkommode?« Lydia sah von der Nachbarin zu Henriette. Scheinbar war aber keine der Damen gewillt, sie aufzuklären. »Nee, das muss ich mir hier nicht antun!« Sie drückte Henriette die Zeitung in die Hand. »Lies das durch, und wenn du wieder auf dem Teppich bist, ruf mich an. Du musst morgen nach New York! Boston Symphony Orchestra, Carnegie-Hall! Die Nelson ist erkrankt.«

Henriette hielt Lydia am Arm zurück! »Hörst du das?«

»Komm, Henriette, was soll das? Ich höre gar nichts!«

»Doch, doch! Hören Sie genau hin«, flüsterte die Adlige und lächelte verträumt. »Er sitzt unten am Leinpfadkanal und unterhält mit Valse Musette just einen Kreis junger Damen!«

»Na, dann werden wir uns mal dazugesellen«, meinte Lydia.

»Warum?«, fragte Henriette

»Warum, warum?«, äffte die Adlige Henriette nach. »Warum begegneten sich Hitler und Stalin nicht im Prater.«

Lydia Lewitzky, die sich schon in Bewegung gesetzt hatte, blieb auf dem Treppenabsatz stehen, sah beide gleichermaßen kopfschüttelnd an, machte ihrer Freundin dann mit Daumen und kleinem Finger das Zeichen für ›Wir telefonieren‹, und schlurfte mit einem »Tschö« die Treppen hinunter.

Vom Hochgefühl der letzten Nacht und dem absonderlichen Morgen ziemlich aus dem Gleichgewicht gebracht, raffte Henriette ihren geöffneten Morgenmantel zusammen und humpelte zurück in ihre Wohnung, schloss grußlos die Tür und begab sich in ihre Küche. Öffnete das Fenster, setzte sich auf einen der Umzugskartons und hörte ihrem französischen One-Night-Stand bei seinem fernen Spiel zu.

Bevor ihre Wehmut in Verbitterung umzuschlagen drohte, schloss Henriette das Fenster, fing an zu heulen und schimpfte sich selbst eine überdrehte Kuh.

Nach ihm nur schau ich
Zum Fenster hinaus,
Nach ihm nur geh ich
Aus dem Haus.
Sein hoher Gang,
Seine edle Gestalt,
Seines Mundes Lächeln,
Seiner Augen Gewalt.

In diesem Moment wusste sie, dass sie ihre Wohnungstür heute keiner Seele mehr öffnen würde, und diesem Franzosen schon gar nicht! Sie wollte einem ›*Es war schön mit dir, au revoir*‹ aus dem Weg gehen. Verletzte Gefühle machten ihr Spiel zu weich, zu gefällig, zu kraftlos. Diese Erfahrung hatte sie immer wieder gemacht, wenn sie von Pauls Affären erfuhr – und das wollte sie diesem ausgezeichneten Bostoner Orchester nicht antun. Sie würde mit der letzten Maschine heute Abend noch nach New York fliegen.

Als sie diesen Entschluss gefasst hatte, raffte sie sich auf und rief Lydia an. Repetierte danach mehrmals, wie eine Besessene, die schweren Passagen aus der Schottischen Fantasie op.46 von Bruch. Packte hektisch ihre Koffer und rief ebenso hektisch eine Taxe. Traf sich mit Lydia am Flughafen, um die letzten Details für New York zu besprechen. Ließ sich von ihrer Managerin das Ticket geben und hetzte zum Gate.

DER FLUG NACH NEW YORK

Erst als die Stewardess ihr Zeitschriften und Zeitungen anbot, merkte Henriette, dass sie schon in der Luft waren. Sie hatte den Start der Maschine vergrübelt. Hatte es sich in ihrem Erste-Klasse-Sitz bequem gemacht und nun doch über den vergehenden Tag nachgedacht. Wieder einer, der gerne alten Weiber beischläft, hatte sie sich heute Morgen eingeredet. Sie hatte sich benutzt gefühlt, als sie ihn unten am Leinpfadkanal sah und spielen hörte – umringt von den jungen Dingern! Jean-Marc hatte später geklingelt, geklopft, sie gebeten, die Tür zu öffnen. Sie war störrisch geblieben. Störrisch wie ein pubertierender Teenager.

Nun saß ich hier auf dem Flug nach New York, First Class, mit dem Gefühl, der ganz Tag sei falsch gewesen.

Die Stewardess unterbrach sie in ihren Gedanken und reichte ihr lächelnd ein Glas Whiskey mit Serviette. Irritiert sah Henriette die Stewardess an.

»Hatte ich zwar nicht bestellt, aber ...«

»Oh, entschuldigen Sie, Frau von Flint!«

»Sie kennen mich?«

»Ich habe Sie in Paris und Vancouver gehört. Sie

waren großartig.« Henriette nahm ihr den Whiskey ab und bedankte sich.

»Sodawasser?«, fragte die Stewardess.

»Bitte.«

Anstatt diesen unverhofften Whiskey zu genießen, ging Henriettes Empfindlichkeit mit ihrem Misstrauen eine Koalition ein, die an Deutlichkeit nichts zu wünschen übrig ließ. Warum dieses Getränk? Was will die Saftschubse von mir, ging es ihr durch den Kopf und dementsprechend stellte sie etwas angespannt ihre Frage: »Von wem kommt dieser Whiskey, den ich nicht bestellt habe?«

»Von der Crew! Wir dachten, Sie könnten ihn brauchen.«

»Das ist ja sehr fürsorglich gedacht, aber wie kommen Sie auf so einen Nonsens?«

Die Stewardess errötete leicht, lächelte aber noch. »Ihr Management hat ...«

»Sie meinen meine Managerin!«, unterbrach Henriette die sichtlich nervös werdende Stewardess gereizt. Diese zupfte pikiert an der Jacke ihrer Dienstkleidung und war der Meinung: »Es ist wohl besser, wenn Flugkapitän Miersch Ihnen den Zusammenhang erklärt.«

»Bitte! Ich bin gespannt!«

Es dauerte keine drei Minuten, dann stand er vor ihr. Um die fünfzig, grauhaarig und vermutlich nicht von der Sonne gebräunt, dachte Henriette, als er ihr seine Hand reichte. »Miersch.«

»von Flint.«

»Erfreulich, dass ich Sie einmal persönlich kennenlerne, Frau von Flint.« Er setzte sich auf den freien Sitz neben sie.

Henriette erwiderte, noch im Zustand der innerer Auflehnung: »Mich kennenlernen, Herr Miersch?« Henriette sah ihn jetzt direkt an und lächelte. »Niemand lernt jemals jemanden kennen. Wir sind alle zu lebenslänglicher Einzelhaft in unserer Haut verurteilt – Tennessee Williams.«

»Sind Sie immer so brüsk?«

»Bitte?«

»Ich habe da wohl eine falsche Vorstellung von der Persönlichkeit großer Interpreten klassischer Musik.«

»Ach!«

»Wohl eine zu romantisierte.«

»Großer Gott, ein Romantiker. Was glauben Sie denn von uns? Wir sind auch nur Menschen. Eitel und selbstgefällig. Nehmen Sie den großen Karajan. Gleich zweimal trat er in die NSDAP ein und nutzte sie bewusst für seine Karriere. Und Furtwängler, der war sich nicht zu schade, für Hitler und Goebbels zu dirigieren. Und ich«, sie drehte sich zum Fenster, »hatte schon einmal Sex auf einer Bordtoilette – also!«

»Ich auch«, war die überraschende Antwort des Flugkapitäns. Beide fingen schallend an zu lachen.

»Touché!«, gestand Henriette. »Ich weiß, mein Benehmen ist oft nicht zu entschuldigen. Bitte verzeihen Sie mir! Ich hatte nicht den besten Tag. Es tut mir aufrichtig leid, Herr Miersch. Ich hätte gegenüber Ihrer Stewardess nicht so empfindlich reagieren sollen.«

»Sie wird es verkraften.«

»Sie soll mir ihre Anschrift geben. Vielleicht kann ich sie mit den Solo-Werken von Antonin Dvořák, eingespielt von den Berliner Philharmonikern, wieder versöhnen.«

»Das wird sie sicherlich freuen. Sie hat sich so sehr empört über das, was in der Boulevardpresse ...«

Sie ließ ihn nicht ausreden. »Also deswegen der Whiskey! Ach Mensch, das tut mir jetzt aber besonders leid.«

»Das muss es nicht! Es ist ja nicht allein dieser Zeitungsbericht, der uns veranlasst hat, Ihnen den Whiskey zu servieren.«

»Nicht allein?«, fragte Henriette erstaunt und nahm ihre Brille ab.

»Ihre Managerin hat beim Kauf der Tickets ...«

Henriette schnitt ihm wieder das Wort ab. »Beim Kauf *der* Tickets?«

»Kurz und gut: Wir haben einen Passagier an Bord, der möchte Sie gerne sprechen!«

»Kapitän Miersch, was wird das hier eigentlich? Wie ich Ihnen erzählt habe, hatte ich keinen guten Tag. Ich möchte doch bitte wenigstens auf diesem Nachtflug meine Ruhe haben. Das verstehen Sie doch – oder?«

»Es gibt keine bessere Form, mit dem Leben fertig zu werden, als mit Liebe und Humor«, zitierte er Mark Twain und ging lächelnd zurück ins Cockpit. Henriette hatte ihr »Du provozierst mich nicht!« kaum zu Ende genuschelt, als sie hörte, dass der Vorhang zur Seite gezogen wurde. Sie kam sich vor, als säße sie in einem Theater, mit dem Rücken zur Bühne. »Lieber Gott, lass es nicht Lydia sein«, nuschelte sie abermals. Ihre Managerin hatte immer überraschende Einfälle. Neugierig erhob sie sich aus ihrem Sitz und stellte mit Erstaunen fest, dass sie der einzige Passagier in der First Class war. Nun kam ein zweiter ...

Ich werde nicht fragen, ich will keine Lügen ... In der Tat, diesen Whiskey brauchte sie jetzt! »Du Scheißkerl, ich liebe dich!« Sie bemerkte das Anschnallzeichen nicht, hörte auch nicht den Kopiloten, der leichte Turbulenzen ankündigte. Von jeglicher Selbstbeherrschung befreit, küsste sie Jean-Marc mit zunehmender Leidenschaft.

ANKUNFT IN NEW YORK

Henriette liebte es, in New York anzukommen, egal bei welchem Wetter. Ihr Herz gehörte dieser Stadt. Sie mochte ihre Lebendigkeit, den Geruch, die riesigen Gebäude, den Broadway, Manhattan sowieso und die Geräusche. Sie sind nirgendwo so intensiv, so anders wie in New York.

Sie war groggy, als sie am frühen Abend auf dem Airport Newark landeten. Newark war in Dunst gehüllt. Die diesige Luft machte ihr das Atmen schwer. Wie war er nur so kurzfristig an eine Einreiseerlaubnis gekommen? Sie wunderte sich. Im Flugzeug war es noch die Liebe, die niemals fragt. Sie war glücklich. Wie selbstverständlich war sie in Jean-Marcs Armen eingeschlafen. Keine Fragen. Doch jetzt? Nicht nur der Himmel über Newark wurde zunehmend dunkler, auch in ihrem Kopf setzte sich so etwas wie Poesielosigkeit durch. Was will er von dir? Was hat Lydia sich dabei gedacht? Offensichtlich hat Lydia die ganze Crew informieren lassen, nur mich nicht ... Nein, sie würde nicht *ihn* fragen, sie musste Lydia anrufen. Egal wie spät es in Deutschland war ...

»Lewitzky.«

»Ich stehe hier vor den Toren Newarks mit einem Mann, den ich erst vor vierundzwanzig Stunden kennengelernt habe. Was hast du dir dabei gedacht, Lydia?«

»Nun beruhige dich, Liebelein.«

»Ich soll mich beruhigen? Lydia, was soll das Ganze?«

»Ich wollte dir einen Liebesdienst erweisen.«

»Mir einen ... was?«

»Nun hör mir mal gut zu, Liebelein. Dein Auftritt gestern Abend bei Cesare schlägt hier sehr, sehr hohe Wellen. Ich habe deinen Jean-Marc aus der Schusslinie nehmen wollen.«

»Bitte?«

»Nix, bitte! Cesare hat aus Schusseligkeit gequatscht und der Presse erzählt, mit wem du gestern Nacht seinen Laden verlassen hast. Die waren schwer hinter deinem Fistanölchen her! Hast du das jetzt verstanden?«

»Die Presse ist mir scheißegal!«

»Mir auch! Aber der Skandal ist schon groß genug! Ich wollte einen größeren vermeiden. Nun nimm ihn mit und mach dir drei schöne Tage mit ihm. Goldstein hat im Plaza vier Übernachtungen gebucht. Doppelzimmer!«

»Und was hat mein Fistanölchen zu all dem gesagt?«

»Das war überraschend: Du, der liebt dich wirklich.«

Auf diesen Kommentar ging Henriette lieber nicht ein. Stattdessen fragte sie: »Wie hast du das überhaupt alles so schnell gewuppt?«

»Erinnere dich, Liebelein, ich bin Managerin.«

»Für meine Karriere, aber nicht für mein Leben. Das manage ich mir schon selber.«

»Is ja jut! Nun stell keine Fragen. Freu dich und genieß dein New York. Übrigens, Goldstein lässt euch abholen. Ruf an, wenn was ist! Tschö, Liebelein.«

* * *

Sie zeigte auf einen Mann im schwarzen Anzug. Er trug eine Kippa und hielt ein Schild hoch.

Mrs. Henriette von Flint.

»Na, da ist er ja!«

Jean-Marc schmunzelte. »Ein Rabbi?«

Henriette lächelte und küsste ihn. Des Chauffeurs »Guten Morgen, Frau von Flint«, unterbrach ihren Kuss. Lächelnd stand er vor ihnen. »Madam Goldstein bittet Sie in ihren Wagen.«

»Goldstein selbst holt uns ab? Wow!« Obwohl sie seit Jahren mit Liza befreundet war, war ihr eine solche Auszeichnung nur zu besonderen Anlässen zuteil geworden. Für gewöhnlich holte Goldstein nicht persönlich ab! Sie ließ abholen – auch ihre Freunde.

»Ja, Madam Goldstein wartet auf Sie und Herrn ...?«

»Guerlaine.«

»Aha, Guerlaine! Kommen Sie bitte! Madam hat wenig Zeit!«

* * *

»Was zur Hölle sieht er in dieser Geigerin?«

»Ich verstehe diesen *pretty boy* auch nicht – warum gerade die?«

»Es muss ihr Geld sein.«

»Sie ist der Typ, der schnell verblüht.«

»Das hält sicherlich nicht lange.«

»Wow, guck mal, in was die einsteigen.«

»Chrysler 300!«

»Spielst du eigentlich ein Instrument?«

»Bisschen Klavier – und du?«

»Ich blase gerne!« Lachend stiegen beide Stewardessen von Flug LH402 in den Shuttlebus eines der Airporthotels von Newark.

* * *

Das übliche Wangenküsschen links und rechts. Danach gegenseitiges Abfragen zum Befinden. Der ›Rabbi‹ verstaute das Gepäck im Chrysler.

Ein Lächeln wie aus jungen Jahren, begleitet von einem lauten jiddischem »Oi« überflog Goldsteins Gesicht, als sie Jean-Marc in Augenschein nahm.

Das letzte Mal, als ihr bei einem Mann ein »Oi« entfahren war, war sie noch im Teenageralter gewesen. Damals war ihr Marlon Brando begegnet. Das war nun schon sehr lange her.

»Man weiß gar nicht, für was man Gott nicht danken sollte.« Ein Sinnspruch ihres Vaters, von dem Goldstein bei jeder passenden und unpassenden Gelegenheit Gebrauch machte. Mit dem nachfolgenden »Der Boy gehört auf eine Leinwand!« löste sich das jugendlich entspannte Teenagerlächeln auf Goldsteins Gesicht und wurde zum Lächeln der Managerin *Sir Goldstein* – freundlich, aber undurchsichtig. »Bub, aus dir mach ich einen Star.«

»Werde nicht albern, Goldstein, lass uns fahren, ich bin müde!«

»Albern? Meine liebe Henriette, Albernheit ist eine Erholung von der Umwelt. Und die kann ich mir nicht leisten, wenn ich im Geschäft bleiben will! Also, wir treffen uns morgen nach dem Konzert. Würde Sie das interessieren, Jean-Marc?«

»Was?«

»Filmstar zu werden!«

»Wenn es sein muss!«

Goldstein lachte. »Also gut! Wir telefonieren.« Sie tippte dem Rabbi auf die Schulter. »Bringen Sie die beiden ins Algonquin, Herbert. Morgen Nachmittag gegen vier Uhr bin ich zurück ... Ach, und Herbert ...«

»Madam?«

»Veranlassen Sie bitte, dass ich morgen von LaGuardia abgeholt werde.«

»Ich fahre selber, Madam Goldstein!«

»Und erklären Sie den beiden unseren Modus Procedendi. Na dann! Bis morgen Abend. Bye, ich muss jetzt!« Goldstein nahm ihren Hartschalenkoffer und eilte mit Smartphone am Ohr durch die Abflughalle zu ihrer Maschine von Newark Airport nach Los Angeles. Auf selbigen Smartphone befand sich bereits ein Video aus Deutschland. Überspielt von Lydia Lewitzky.

* * *

»Was heißt hier, Modus Procedendi ...«, fragte Henriette.

»Vorgehensweise!«

»Ich bin nicht blöd, Herbert! Mein Latein ist zwar beschissen, aber das krieg ich noch hin! Und warum das Algonquin und nicht das Plaza? Apropos, Jean-Marc darf ich dir vorstellen, Herbert Eppstein, Goldsteins österreichisches Faktotum.«

»Nicht Faktotum, Henriette, Sekretär wäre wohl angebrachter.«

»Angenehm! – Ich dachte schon, Sie seien ein Rabbi!«

»Wegen meines dunklen Anzugs und der Kippa?«

»Ja.«

»Er ist *nur* ein Jude, würdet ihr Deutschen sagen.«

»Ich bin kein Deutscher!«

»Na, da haben Sie aber Massel gehabt!«

»Sie grinsen sich noch mal zu Tode, Herbert! Also, warum ins Algonquin und nicht ins Plaza?«

»Sollte Ihnen tatsächlich entgangen sein, Henriette, dass dieses Land den Schöpfer des Internets hervorgebracht hat und ...«

»Kommen Sie, Herbert, nicht witzig werden! Machen Sie es kurz! Ich bin wirklich müde!«

»Na dann, kurz und gut, sagt man doch so in Deutschland: Ihr Auftritt in einer Hamburger Bar macht auch hier in New York Schlagzeile. Vor dem Plaza könnte die Pressemeute harren.«

»Das ist nicht Ihr Ernst?«

»Doch, doch! Und die amerikanische Presse ist nicht hinter Henriette von Flint her, sondern hinter der Leidenschaft von der von Flint. Obwohl hier auf Deibel komm raus *gepudert* wird, ist das Fleischliche der Prominenten, auch in den USA, immer noch etwas, von dem die Presse recht gut leben kann. Auf gut Deutsch: Die wissen, dass Sie mit Mister Guerlaine hier sind. Und sie wissen, wie jung er ist.«

»Oh, mein Gott!«

»Wenn Sie Madam Goldstein meinen, wird Ihr Flehen erhört. Meinen Sie aber den da oben, wird es schwierig ... So! Sie beide steigen erst einmal in eine Taxe, die ich ihnen besorgt habe. Das ist dezenter als dieses Monstrum. Der Fahrer ist ein Freund und fährt Sie ins Algonquin. Schlafen Sie sich erst einmal aus oder frönen Ihrer Leidenschaft – ganz wie es Ihnen beliebt. Essen Sie, was Sie mögen, trinken Sie, was Sie mögen, bestellen Sie sich Zeitschriften gegen die Langeweile! Egal was Sie machen wollen, tun Sie's, nur bitte nicht öffentlich werden. Madam Goldstein ruft Sie vor ihrem Rückflug nach New York an und bespricht mit Ihnen das weitere Vorgehen.«

»Aber mich kennt doch hier niemand!«, warf Jean-Marc ein.

»Oh doch! Das Murdoch-Blatt, *New York Post*, immerhin mit einer Auflagenhöhe von 700.000, hat von Ihnen beiden Fotos abgedruckt. Sie, Henriette, sogar mit Geige. Ein sehr schönes Foto im Übrigen. Und Sie, Mister Guerlaine, halb nackt bis zu den Schamhaaren, schwitzend und mit zerzausten Haaren auf einem Sportplatz im deutschen Hamburg. Eines von diesen Fotos, das nicht nur die Augen unserer Weiblichkeit anfeuchtet. Sie verstehen, was ich meine?«

»Merde!«

»Bewahren Sie Ruhe, Mister Guerlaine. Ab morgen sind Sie nicht mehr Henriettes Leidenschaft, sondern Madam Goldsteins.«

Gelächter.

»Na, dann ist ja alles klar! Und wie genau soll das ablaufen?«

»Das darf ich Ihnen nicht sagen. Warten Sie auf den Anruf von Madam. Sie wird Ihnen alles erklären,

Sie werden überrascht sein, so viel darf ich Ihnen verraten.«

Herbert mit der Kippa umarmte den Taxifahrer Ahmet, der als Kopfbedeckung eine Takke trug. Das gibt es nur in dieser Stadt, dachte Henriette und stieg mit Jean-Marc in das Taxi zu seinem moslemischen Fahrer.

LIZA GOLDSTEIN

Zufall ist das Tatütata des Schicksals und dieses Tatütata war der Schlüssel zu Liza Goldsteins Erfolg. Der Zufall hatte sie in ihrer Profession zu dem gemacht, was sie heute war: eine der erfolgreichsten Agentinnen für amerikanische Film- und Broadwayschauspieler. Sie liebte die Macht des Zufalls – und Gilberto Dini. Dini war ihr selbstlosestes Tatütata. Sie hatte ihn zufällig im Sara Delano Roosevelt Park entdeckt. Dort hatte er als Gärtner gearbeitet und mit einer so fulminanten Stimme von Amore gesungen, dass sie ihn nicht nur in ihr Bett holte, sondern auch zu einem der erfolgreichsten Broadway-Stars der 60er machte.

Bevor das KZ Mauthausen ihr *Heim ins Reich* werden konnte, hatten Lizas Eltern Österreich verlassen und waren in die USA immigriert. Liza wurde in Rockaway, New York, geboren. Ihre Kindheit war *swinging,* weil Rockaway noch das Rockaway der Vanderbilts war. Sie studierte Jura, übernahm Vaters Künstleragentur für Kleindarsteller und machte sie mithilfe des Zufalls zu dem, was sie heute war.

Sie war leidenschaftliche New Yorkerin, wohnte in Manhattan am Riverside Drive und behauptete bei jeder erdenklichen Gelegenheit, New York sei nicht Amerika! Amerika, das sei der wilde Westen der USA.

Trotz ihres ansehlichen Alters hatte *Sir Goldstein,* wie sie in Hollywood genannt wurde, noch großen Einfluss im Movie Business. Liza Goldstein, pragmatisch wie sie war, war ohne einen Schönheitschirurgen oder einen Psychologen durch die Jahre gekommen. Sie hatte aus ihrem Leben nie ein Geheimnis gemacht, abgesehen von zwei Unergründlichkeiten – zum einen ihr Alter, zum anderen ihre Frisur. Wer war es, der ihr in New York die Permanent Wave, die Dauerwelle, legte? Niemand wusste es. Liza war füllig und kleidete sich, wie sich die fette und an diesem Fett verstorbene Klatschkolumnistin, Elsa Maxwell, kleidete – extravagant! Sie sprach ein exzellentes Englisch und ein gutes Deutsch mit österreichischem Akzent. Für ihre Schauspielerinnen und Schauspieler war sie Vertrauensperson, Steuerberater und Psychologe. Eine *Mutter der Kompanie*, wie ihr österreichischer Vater den Beruf des Agenten bezeichnete. Sie bot ihren Schäfchen, so wie andere der Branche es gerne machten, nicht jede Rolle an, nur um Geld zu verdienen – sie nahm Rücksicht. Beim Aushandeln von Gagen kannte sie diese allerdings nicht. Da war sie Sir Goldstein, *The Iron Lady.* »Die Alte ist unerträglich, hat es aber im Blut«, meinte einer der Produzenten bei 20th Century Fox.

DIE BEGEGNUNG

Henriette war nun Liza Goldsteins deutsches Tatütata. Nur weil sich eine Praktikantin in den Gängen des Westdeutschen Rundfunks verlaufen hatte – sie sollte Liza beim Pförtner abholen –, war es zu der zufälligen Begegnung zwischen Henriette und Liza Goldstein gekommen. Henriette probte gerade mit dem Rundfunkorchester im großen Konzertsaal des WDR, Vivaldis Violinen Concerto in A minor, als Liza in den falschen Flur einbog, an dem Konzertsaal vorbeiging und Henriette spielen hörte. Liza Goldstein hielt inne, ging zurück, vergaß die Vorbesprechung für ein Interview, öffnete die Tür zum Saal und setzte sich. Sie liebte Vivaldi. Und war erstaunt. So brillant, wie diese deutsche Konzertgeigerin ihr Vivaldi zu Gehör brachte, hatte sie es nicht einmal in Boston von der amerikanischen Stargeigerin Hilary Dearing gehört. Das hier war Leidenschaft, unberechenbar und emotional. Dearing dagegen beherrschte sich immer bis ins Unfehlbare. Sie überließ rein nichts dem Zufall, aber eben auch nichts dem Moment, wie es diese Geigerin tat. Nur den Unhöflichen bringt die Welt weiter, *das* Leitmotiv Liza Goldsteins, wenn es um geschäftliches Interesse geht. Der Schlussakkord von Vivaldi war verklungen. Liza applaudierte, was bei den Orchestermitgliedern für allgemeine Aufgeregtheit sorgte und dem Dirigenten ein unwirsches »Was machen Sie denn hier?« entlockte. Ohne sich um diese Frage zu scheren, holte Liza Goldstein aus ihrer Unterarmtasche eine Visitenkarte heraus, schrieb ihre private Handynummer auf die Rückseite und gab sie Henriette mit einem forschen »Rufen Sie mich an!«. Dann fragte sie den erbosten Dirigenten nach dem Weg zur Kulturredaktion und folgte seiner Wegbeschreibung.

Henriette steckte die Visitenkarte schulterzuckend in die Hosentasche. Zu viele Schaumschläger und Renommisten hatten schon um ihren Anruf gebeten, ihr Versprechungen gemacht und diese danach nicht eingehalten. Warum sollte es dieses Mal anders sein? Sie vergaß das befremdliche Zwischenspiel im Konzertsaal des WDR und verbrachte einen behaglichen Kaffee-und-Kuchen-Nachmittag mit ihrem Vater in Köln-Lindenthal.

Ein paar Stunden später und vor dem »*Tschö Papa*« räumte sie noch das Kaffeeservice in die Geschirrspülmaschine, küsste ihren Vater auf die Stirn und wollte gehen.

»Warte mal, Kind.«

»Ja?«

»Hast du noch ne Zigarette für mich?«

»Papa, du sollst doch nicht ...«

In diesem Moment sah Henriette auf den Bildschirm des laufenden Fernsehers. ›Zu Gast im WDR‹, stand vor blauem Hintergrund, und vor dem saß *die* Frau, deren Visitenkarte in einer ihrer Hosentaschen steckte. Sie saß in einem Sessel, hatte ihre Beine übereinander geschlagen und unterhielt sich mit Hannes Merzenich. Henriette starrte den Bildschirm an.

»Watt ist nun, Kind? Haste eine oder nich?«, fragte ihr Vater ungeduldig.

»Moment, Papa!« Henriette holte ihr Handy aus der Jacke, wählte Merzenich an und hörte: »Hallöchen, der schöne Hannes ist auf Sendung ...« Sie unterbrach die Ansage des Anrufbeantworters und rief Lydia Lewitzky an.

»Schalt mal den WDR ein!«

»Fernsehen?«

»Ja, Fernsehen. Mach schon!«

»Eh, nid su drängele!«

»Kennst du die Frau, die Hannes da grad interviewt?«

»Wat hes do met dat Goldstein am Hod?«

»Du kennst sie also? Bin in einer halben Stunde bei dir!«

Der Vertrag, zwischen Henriette von Flint, Liza Goldstein und Lydia Lewitzky wurde zwei Tage nach der Fernsehsendung ›Zu Gast im WDR‹ im Hotel

Dorint unterzeichnet und verifiziert. Ihre Unterschrift machte Henriette zu einem Weltstar der klassischen Musik. Außerdem war er Grundstein für die Gründung der Konzertagentur Goldstein & Lewitzky mit Sitz in Hamburg. Es brauchte etwas an Zeit, ehe sich die Kölnerin, Lydia Lewitzky, an diesen Vertragspunkt gewöhnt und sich mit *Sitz in Hamburg* angefreundet hatte. Die Freundschaft zwischen den dreien, die sich nach dem Kontrakt entwickelte, unterlag dagegen keiner Gewöhnung. Sie basierte einzig und allein auf einer Zufälligkeit, die dankbar gepflegt wurde.

IM TAXI

Die Fahrt mit dem NYC Cab von Newark bis Midtown Manhattan dauerte ungefähr 40 Minuten. Nach 25 Minuten wusste Jean-Marc mehr über New York und das Algonquin als so mancher New Yorker selbst.

Die Insel Manhattan läge an der Mündung des Hudson River. Sie sei einer der fünf Stadtteile von New York. Durch Brücken und Tunnel sei sie an das Festland angebunden. Der Central Park würde den mittleren Teil Manhattans in die Upper East Side und Upper West Side teilen. Das Algonquin sei 1902 eröffnet worden. Der Name stamme von Algonkin, einem Stamm nordamerikanischer Ureinwohnern. Es sei das älteste Hotel, das sich in New York noch in Betrieb befindet. Dazu sei es bevorzugter Treffpunkt für Künstler und Journalisten. Die Schriftstellerin Dorothy Parker und viele Zeitungsmacher, Literaten und Schauspieler hätten in den 1920er Jahren an dem berühmten Algonquin Round Table gesessen. Darunter Harpo Marx von den *Marx Brothers. Orson Welles* verbrachte seine Flitterwochen im Algonquin. 1996 wurde es zum Nationalen Literarischen Denkmal ernannt – und seit den 1930er

Jahren würde immer eine Hauskatze im Algonquin leben. Die bekäme sogar regelmäßig Fanpost und ...

Mit einem lauten »Stopp, Ahmet« beendete Henriette den Erguss von Informationen, der auf beide niederprasselte. Irritiert sah Ahmet in den Rückspiegel. »Entschuldigen Sie! Natürlich, Sie kennen das sicherlich schon alles?«

»Nee, mein Lieber, aber wir sind nicht mehr aufnahmefähig und sehr müde. Nur noch eins, Ahmet, ihr Deutsch ist ...«

Jetzt unterbrach er, der Yellow-Cab-Fahrer, Henriette. »Ich bin Kurde und musste aus der Türkei fliehen. In Deutschland habe ich fast fünf Jahre bei VW in Wolfsburg gearbeitet.«

»Und warum jetzt die USA? Warum New York?«

»Ich habe in der Diversity Visa Lottery eine Green Card gewonnen. Und ich habe Verwandte in Queens.«

»Mensch, da haben Sie aber Schwein gehabt!«, war der einzige Satz, den Jean-Marc in 40 Minuten Taxifahrt sagte.

»Na ja, wie man es nimmt. Eure Vorstellung von New York ist ein Trugbild. In Deutschland lebte es sich leichter!«

IM ALGONQUIN

Matilda III, die Hauskatze des New Yorker Hotels Algonquin, saß angeleint auf dem Empfangstresen und starrte Jean-Marc an. Auch Sophy Shoemaker, Empfangsdame im Algonquin, war nicht mehr souverän beherrscht, als ihr Blick von Henriette zu Jean-Marc wanderte. Genau wie Matilda III stierte, so stierte nun sie Jean-Marc an. Doch im Gegensatz zu Sophy bekam Matilda III zumindest ein klares Miau als Begrüßung heraus, Sophy Shoemaker wollte aber nicht mal das kleinste Begrüßungsritual gelingen. Verlegen in Schamesröte geratend, verhaspelte sie sich und bat stotternd ihren Kollegen, Jack Galanis, weiterzumachen. Dieser war offensichtlich ungehemmt begeistert von Jean-Marc und verfiel, im Gegensatz zu Sophy, charmant in eine Geschwätzigkeit über Matilda III. Diese wiederum verlor alsbald ihr Interesse an Jean-Marc und kuschelte sich ein.

Jack sah Matilda III an, danach Jean-Marc. »Was haben wir für einen Ärger wegen dieser Leine! Derzeit erhält Matilda ein Training, um zu lernen, dass sie sich nicht in Bereiche begeben darf, in denen gegessen wird. Wenn sie es verstanden hat, wird ihr natürlich die Leine wieder abgenommen. Das ist alles ein bisschen ärgerlich, denn seit dreißig Jahren lebt immer eine Katze in diesem Hotel und konnte sich frei bewegen. Matilda III ist bereits die zehnte. Sie hat ein eigenes ...«

»Jack, können wir jetzt bitte einchecken?«, unterbrach Henriette, eine Nuance zu laut, seine Mitteilsamkeit.

»Natürlich, verzeihen Sie. Bitte hier nur unterschreiben. Also, Frau von Flint die John Barrymore Suite und Herr Guerlaine ...«, weiter kam Jack nicht. Fasziniert starrte er auf Jean-Marc, der, sich am Empfangstresen anlehnend, langsam in den Schlaf sank.

NÄCHSTER TAG
CENTRAL PARK 12:15 UHR P.M.

Da trat nun also ein neuer Mann in ihr Leben, der ihre Gefühlswelt mächtig durcheinanderwirbelte. Attraktiv, verrückt, witzig und charmant. Genau der Typ Mann, der ihr gefiel. Er war zehn Jahre jünger als sie und sprach zu ihr von Liebe. Henriette fand das Ganze irrwitzig. Doch Goldstein bezeichnete die Begegnung mit Jean-Marc als Zufall, als einen sehr schönen Zufall, der ihr einen regelrechten Adonis ins Bett gelegt habe.

Als Liza Goldstein ihr diesen schönen Zufall erklärte, saß Henriette am Strawberry Fields Memorials im Central Park. Sie brauchte nach den Turbulenzen der letzten achtundvierzig Stunden und einer stressigen Orchesterprobe Ruhe.

Ein alter Mann setzte sich schwer atmend neben sie auf die Bank. Voller Hoffnung auf ein Gespräch. Vorüberflanierende lachten. In den Papierkörben suchte ein armer Teufel nach Pfanddosen. Ein Eichhörnchen setzte sich zu ihren Füssen und wartete auf Nüsse. Doch Henriette nahm ihr Umfeld gar nicht wahr. Sie reflektierte, was Goldstein ihr am Telefon auseinandergesetzt hatte.

Nicht nur Goldstein sei von seinem Charisma höchst angetan, so hatte diese begonnen, offensichtlich auch die Studiobosse von Paramount. Dieser junge Mann sei eine Mischung aus James Dean und Brad Pitt, hatten die Herren verlauten lassen. Ein *chick magnet!* Das kurze Handyvideo von Lydia Lewitzky, vorgestern am Leinpfadkanal aufgenommen, hätte Paramount begeistert. Es solle möglichst bald zu Probeaufnahmen kommen.

Lydia wollte das Video eigentlich an Henriettes Smartphone senden. Hatte aber irgendetwas falsch gemacht und es versehentlich an Goldsteins Büro in New York geschickt. Goldstein habe sofort reagiert, habe Lydia angerufen und sie bedrängt, Jean-Marc nach New York zu verfrachten. Er habe eine Attraktivität, die nicht nur Frauen in die Filmtheater ziehe. Ein Vertrag müsse her, bevor eine andere Agentur, durch die Presse angeregt, ihr Jean-Marc wegschnappen konnte. Seine Präsenz, sein Zauber hätten eine große Zukunft. Und das Schauspielern, das würde er schon bei Strasberg lernen. Da mache sie sich keine Gedanken. Die am Theatre and Film Institute würden das schon hinbekommen. Er könne ja zusammen mit Henriette nach New York fliegen, habe sie Lydia empfohlen. Natürlich bezahle sie Hin- und Rückflug. Seine Einreise in die Staaten hätte sie vor Ort geklärt. Gott sei dank besaß er einen gültigen Reisepass. Zwei Stunden habe Lydia recherchieren müssen, ehe sie Jean-Marc bei Cesare aufgespürt hat. Cesare hätte vor der Presse nicht dichthalten können. Beide, Lydia und Jean-Marc, seien in die Agentur geflüchtet. Da habe Lydia Jean-Marc alles erklärt. Er war sofort einverstanden. Nur das mit dem Überraschungsflug sei dann allerdings ein bisschen misslich geraten.

Mit Goldsteins letztem Satz: »Du hast da zufällig einen hochkarätigen Edelstein gefunden, Henriette. Hüte ihn!«, war nicht nur das Telefongespräch beendet gewesen. Auch das Leben von Henriette und Jean-Marc Guerlaine hatte sich verändert.

»Ja, ich liebe ihn!«, rief sie laut in den Central Park hinein. Der alte Mann neben ihr lächelte. Es war wirklich eine ernsthafte Sache. Wenn Henriette sich verliebte, großer Gott, dann im wahrsten Sinne des Wortes. Sie war verrückt vor Liebe. Sie werden unzertrennlich sein, ohne Befangenheit ihre Affäre öffentlich machen. Gleich heute Abend. Ihr Publikum ist tolerant. Es wird Verständnis haben. Man wird ihr diesen Jungen nicht übel nehmen.

›LOST IN LOVE‹

Henriette war vor einem Jahr nach ihrem Konzert nicht in New York geblieben, sondern wieder nach Hamburg zurückgekehrt. Der Wirbel um sie hatte sich gelegt – schließlich ist *nichts* so alt wie die Zeitung von gestern. Jean-Marc war mit Goldstein zu Probeaufnahmen nach Hollywood geflogen. Dabei hatte sich herausgestellt, dass er nicht nur ungewöhnlich begabt, sondern auch außergewöhnlich fotogen war. Produzent Steven Miller hatte noch ein Drehbuch, ›Lost in Love‹, des Schweizer Drehbuchautors Steinfeld in der Schublade und wollte sofort loslegen. Er hatte lange nach einem neuen Gesicht gesucht, und Jean-Marc war sofort Millers Favorit für die Rolle des Noah.

Die Sprech- und Aktionsproben für die Screwball Comedy ›Lost in Love‹ wurde als Videoaufzeichnung hergestellt. Sie hatte dazu gedient, die Eignung beider Darsteller für die Hauptrollen, Elizabeth Garden und Jean-Marc Guerlaine, in ihrem ersten Spielfilm auszutesten. Der Produzent Steven Miller hatte beide Darsteller in diesen Probeaufnahmen vor einem Jahr gesehen und war von ihrer emotionalen Wirkung auf die Zuschauerinnen und Zuschauer absolut überzeugt. Miller und Regisseur Matthew Connelly hatten wochenlang für die beiden gekämpft, weil Paramount an einem Erfolg zweifelte. Man wollte ›Lost in Love‹ zwar mit Guerlaine besetzen, aber als wirtschaftliche Absicherung einen etablierten Star für die weibliche Hauptrolle verpflichten. Die Ausschlaggebende für das Zustandekommen eines Agreement mit Paramount war Goldstein, die als Agentin auch Elizabeth Garden unter Vertrag hatte. Sie sah in ihr die junge Sissy Spacek und die ideale Partnerin für Jean-Marcs Filmdebüt. Man einigte sich auf eine moderate Gage für beide Hauptdarsteller und eine finanzielle Beteiligung Goldsteins, sollte der Film die Produktionskosten übersteigen.

Produzent Steven Miller stellte für diesen Film ein kleines, aber feines Team zusammen: Regisseur war Matthew Connelly, USA. Der Director of Photography war der Oscarpreisträger Michael Sauer aus Deutschland. Die Filmmusik machte Luc Dupin aus Belgien. Für den Ton gewann er den Oscar-nominierten Mark Cavendish aus England. Für die Maske war Yvonne Lambert aus Frankreich verantwortlich, eine Preisträgerin von Cannes, für das Licht Willem Hermans aus den Niederlanden. Und nicht zuletzt natürlich der Drehbuchautor Otto von Steinfeld aus der Schweiz. Miller sagte in einem Interview der *New York Times*: »Am Set waren nur Freunde. Jeder wusste, was zu tun war. Wir waren entschlossen, eine exzellent erzählte Komödie hinzulegen und den beiden beeindruckenden Hauptdarstellern, Elizabeth Garden und Jean-Marc Guerlaine, den Weg in eine große Karriere zu ebnen.«

Die Dreharbeiten liefen hervorragend und der Film feierte am Broadway eine rauschende Premiere. Am Ende der Vorstellung präsentierten sich Macher und Darsteller dem Publikum. Alle wurden frenetisch gefeiert. Und dann betrat Jean-Marc vor ausverkauftem Haus die Bühne. Sofort brach ein Orkan los. Nicht nur Henriette, die im Publikum saß, auch Jean-Marc selbst war von dem ohrenbetäubenden Lärm verblüfft, den die trampelnden und kreischenden Zuschauerinnen und Zuschauer erzeugten. »Ich war vor Schreck völlig gelähmt«, erzählte Jean-Marc in einem Fernsehinterview von CBS. »Er war so erschrocken gewesen, dass er sich zu mir drehte und mich fragte, was hier los sei«, beschrieb Elizabeth Garden in dem gleichen Interview die Situation auf der Bühne. »Da konnte ich nicht anders, ich musste lachen. Er hatte mit einem solchen Erfolg nicht gerechnet.«

Die Kritiken, auch in Deutschland, waren hervorragend:

›*Endlich eine amerikanische Liebeskomödie, die nicht o-beinig daherkommt: unten trifft man sich, in der Mitte geht man auseinander und am oberen Ende kommt man wieder zusammen zum großen Liebes-Happy-End – bei ›Lost in Love‹ haben wir es mit einem furiosen, geradlinigen Stück Zelluloid zu tun und einem wundervollen Jean-Marc Guerlaine. Die Entdeckung des Jahres. Empfehlenswert!‹,* schrieb ein deutsches Boulevardblatt etwas salopp.

PARIS
ZWEI JAHRE SPÄTER

Jean-Marc drehte seinen dritten Film in den neu erbauten Studios von Cité du cinéma, in Saint-Denis, als der Zufall wieder einmal Henriettes Leben bestimmte. Unentrinnbar, unbarmherzig und in der Gestalt eines Romans.

Der französische Hollywoodstar Jean-Marc Guerlaine und die deutsche Stargeigerin Henriette von Flint waren auch in Paris ein zentrales Thema in den Klatschspalten. Hier ein Foto, dort ein Interview. Es verging kein Tag, an dem nicht in der Boulevardpresse etwas von *Anriejett und Jean* zu lesen war. Was in Deutschland Stichelei und Naserümpfen hervorrief, blieb hier frei von Vorurteilen – der Altersunterschied. Dass der französische Superstar eine aus *Bochie* liebt, eine aus dem Land der Germanen, war für Paris, seit der einstigen Liebe zwischen *Sissy* und Alain Delon, nicht mehr der Rede wert. Paris war voller Admiration. Sie galten als Traumpaar, und das weibliche Tout-Paris, das sich über die Grenzen des Anstandes hinwegsetzte, um Jean-Marc kennenzulernen, musste sich sagen lassen:

Keine Chance, die beiden lieben sich unvergleichbar. Wo immer sie auftauchten, sie waren die Lieblinge, umlagert von Fans und Verehrern.

* * *

Henriette in einem trägerlosen, veilchenblauen Seidenkleid mit Schoß und Gürtel in Metallic-Optik. Jean-Marc sehr leger in einer grauen Chinohose, dazu eine roter Gürtel. Das Hemd weiß, Slim Fit mit offenem Kragen. So empfingen beide am Entree des Hôtel Balzac Jean-Marcs Großmutter, Marie-Therese, und Mutter, Hortense.

Den Tisch für das Dîner im Meeting Room des Hotels hatte Jean-Marc für vier Personen decken lassen. Weißes Tafelgeschirr, dazu passend eine verschwenderische Tischdekoration aus weißen und lilafarbigen Orchideen. In der Tischmitte ein silberner Flambeau mit fünf fliederblauen Kerzen.

Serviert wurde knusprige Spargel-Quiche mit Mangoldsalat als Vorspeise. Danach gab es Kaninchenkeulen in Riesling-Sahne, Pommes-Macaire-Kartoffelplätzchen und Kerbel-Möhren. Als Nachspeise kam ein Pistazien-Honig-Parfait mit marinierten Aprikosen. Dazu wurde ein 1997er Bergerac Rouge gereicht. Ein Menü, anspruchsvoll aber nicht übertrieben verschwenderisch. Verschwendung hätten seine Mutter und seine Großmutter nicht geduldet.

Die Unterhaltung verlief herzlich, aber unverbindlich. Man redete über Filme und deren Stars, Hollywood, New York, Paris und nahm sich dabei gegenseitig in Augenschein. Henriette erzählte von ihren Konzertreisen und den kleinen Amüsements, die sie hierbei erlebte. Marie-Therese erzählte aus ihrer Zeit als Tänzerin im Lido. Dort hatte sie Jean Gabin kennengelernt, der sie beinahe geheiratet hätte, wäre da nicht die Dietrich aufgetaucht. Und all das erzählte man sich leise, man blieb vorsichtig. Oft genug hatte man erlebt, dass Angestellte eines Hotels oder Restaurants für ein Boulevardblatt ganz Ohr waren.

Zu einer wirklich ungezwungenen Unterhaltung kam es erst nach dem Dîner in der Suite von Henriette und Jean-Marc. Bei Kaffee, Champagner und Kanapees wurde über Cesare gelacht, dem Schwager von Hortense und dem Onkel von Jean-Marc. Henriette schilderte, wie sie Jean-Marc bei Cesare kennengelernt hatte. Sie sprachen über Verwandte. Sprachen über Hamburg. Über Jean-Marcs Vater, der in Kanada lebte. Sogar über Politik redeten sie. Dann fragte Jean-Marc nach dem Akkordeonspieler unter der Brücke von Fontenay-sous-Boi. Er lebte nicht mehr, erzählte seine Mutter. Auch die Liebe war ein großes Gesprächsthema. Marie-Therese erzählte von ihrer verlorenen großen Liebe zu einem Deutschen. Die beiden Damen waren diskret, fragten nicht nach Henriettes Vergangenheit. Es wurde angestoßen. Sie mochten sich, die Deutsche und die Französinnen.

Dann läutete das Telefon. Der Chauffeur sei da, hieß es. Der Abschied war herzlich. Marie-Therese spürte, als sie sich erhob, die Wirkung des Champagners und fragte nach einem *Lokus*. Man lachte noch einmal herzhaft über die deutsche Bezeichnung für den Ort der Notdurft, bevor sich die Dame dorthin begab.

Mit einem Buch in der erhobenen Hand kam Marie-Therese zurück. »Ungeduld des Herzens««, zitierte sie den Buchtitel. »Es ist ein antiquarisches Exemplar. Haben Sie es in Deutschland gekauft, Henriette? Ein wunderbarer Roman.«

»Maman, du kannst doch nicht einfach ...«

»Lassen Sie nur, Hortense, das ist schon in Ordnung. Nein, nicht gekauft, Madame. Ein Antiquariat in Köln hat ihn mir zugeschickt. Man fand ihn unter den Fachbüchern meines Vaters. Er lag lange Zeit eingelagert bei mir zu Hause. Ich hatte ihn schon vergessen. Jetzt in Paris hatte ich endlich die Zeit, ihn zu lesen.«

»Maman?« Hortense stützte ihre zitternde Mutter, die schwankte.

»Setzen Sie sich doch, Madame. Möchten Sie ein Glas Wasser?«, fragte Henriette.

»Nein danke, es geht schon! Von Flint ist nicht ihr Mädchenname, Henriette?«

»Oh nein, Madame, mein Mädchenname ist Arnold, Henriette Marie Arnold.«

»Mein Gott, dann ist Jakob Ihr Vater?« Marie-Therese schlug das Buch auf und zeigte auf die Zueignung.

Henriette lachte. »Ja, das ist von meinem Vater geschrieben. Die Widmung war Anlass, mir den Roman zu retournieren. So romantisch kannte ich Vater gar nicht. Ich war sehr erstaunt, als ich diese Zeilen las.«

Egal in welch einer Sprache ein Mensch lebt, spontanes Entsetzen formuliert er immer in seiner Muttersprache.

Marie-Therese ließ das Buch fallen. »Mon Dieu!« Verzweifelt sah sie Henriette an und flüsterte: »C'est épouvantable!«

Jean-Marc kniete vor seiner Großmutter nieder und nahm ihre Hände in seine. »Grand-mère?«

»Es ist seine Schrift ... Ich habe Jakob geliebt!«

* * *

Henriette war verwirrt, erstaunt, ja, sogar ein wenig berührt. Welch ein unglaublicher Zufall, dachte sie. Verstand aber nicht die heftige Erregung von Marie-Therese. Gut, ihr Vater und Marie-Therese hatten eine Affäre, aber das musste Jahrzehnte her sein. Sie konnte sich nicht erinnern, dass ihr Vater jemals in Paris gewesen war. Doch als sie Marie-Therese anblickte, die sich kaum zu beruhigen vermochte, verstand sie langsam ihre Erregung, ihr Weinen. Es war offensichtlich eine unglückliche Liebe, keine Liebelei, keine Belanglosigkeit, wie Henriette zuerst vermutet hatte. Dann, nach den ersten Worten von Marie-Therese an Henriette gerichtet, wurde der Roman, den sie vor einigen Stunden zufällig auf einer Kommode abgelegt hatte, auch Henriettes Schicksal.

»Hortense ist ihre Halbschwester, Henriette!«, flüsterte Marie-Therese.

Henriette begriff im ersten Moment nicht, was sie gehört hatte! Doch je präziser sie die Bedeutung der aufwühlenden Worte von Marie-Therese erfasste, umso mehr geriet auch sie aus ihrer inneren Balance. Sie fühlte sich wie in einer traumatischen Zange.

Jean-Marc ihr Neffe?

Fassungslos öffnete sie die Tür zum Balkon. Sie wollte wütend werden. Aber auf wen? Niemand war an dieser bizarren Auflösung aller Ordnung schuld, schon gar nicht Jean-Marc. Sie setzte sich in einen der beiden Stühle, die auf dem Balkon standen und sah auf den Eiffelturm. Neben sich auf dem kleinen Tisch die halb geleerte Champagnerflasche in einem Sektkühler. Sie lachte überspannt – mein Neffe! Meine große Liebe ist der Sohn meiner Halbschwester.

Ihr schauderte. Nein, sie glaubte es nicht! Sie schlug sich mit der flachen Hand ins Gesicht. Sie spürte den Schmerz. Es war kein schrecklicher Traum. Noch vor Stunden hatten sie sich in diesem

Zimmer geliebt. Henriette hatte lachend seine Standhaftigkeit mit dem Eiffelturm verglichen – und Champagner haben sie getrunken. Auf eine gute Zeit in Paris ... Vorbei!

Plötzlich stand Jean-Marc vor ihr. Das Kinn, die Augen, die Stirn – Attribute ihres Vater. *Jetzt werde ich auch noch hysterisch*, geht es Henritte durch den Kopf. Er reichte ihr seine Hand. Doch sie wollte ihn nicht berühren. Sie wollte das hier hinter sich lassen. Wollte davon nichts wissen. Wollte weg. Bloß weg von diesem Balkon, aus diesem Zimmer. Doch sie konnte nicht. Sie saß auf diesem verdammten Gartenstuhl wie blockiert. Jean-Marc ging vor ihr in die Hocke und legte seine Hände auf ihre Knie. Sie zuckte zusammen, sie mochte es nicht. Dann sah sie ihn an. Sah in ihm nur noch ihren Vater.

DIE RÜCKKEHR

Seit dem Tag ihrer Scheidung von Paul von Flint hatte Henriette ihre Wohnung am Leinpfadkanal nicht mehr betreten. Damals war sie nur für eine Nacht nach Hamburg gereist, und am Morgen des nächsten Tages zurück nach New York geflogen – zur Erstaufführung von ›Lost in Love‹ und in eine Zeit des Zaubers. In eine Liebe, die ihr Leben verändert hatte.

Jetzt war sie nach Hamburg zurückgekehrt. Seit Paris erschien ihr alles so unwirklich, so unlösbar, so sinnlos. Ihre Wohnung war ihr fremd. Hier wollte sie nicht bleiben – nein! Nicht in dieser Wohnung, nicht in diesem Bett. Nicht einmal zu Cesare konnte sie gehen, um ihren Seelenschmerz mit Essen zu betäuben. Die Erinnerung an ihre erste Begegnung mit Jean-Marc wäre nicht auszuhalten gewesen. Hatte hier wirklich alles begonnen? Kinderlachen drang zu ihr hinauf. Henriette öffnete das Küchenfenster und sah hinaus auf den Kanal. Hatte Jean-Marc tatsächlich dort gesessen, wo die Kinder nun ihre Papierschiffe fahren ließen, und Akkordeon gespielt?

Freifrau zu Maier-Stubnitz winkte zu ihr hoch. Henriette beachtete sie nicht. Was mochten diese

Kinder von der Liebe wissen? War die Liebe für sie einfach da, so wie in Henriettes Kindheit, ohne Vorbehalt, selbstverständlich, fraglos? Wenn ihr Vater zu ihrer Mutter sagte: *Ich liebe dich*, dann war es für Henriette die gleiche unumstößliche Liebe, die der Vater ihr entgegenbrachte. Sie wusste nichts von der anderen, von der begehrlichen, der zerbrechlichen Liebe zwischen Frau und Mann. Sie wusste nicht, wie viele Enttäuschungen ihr die *andere* Liebe bringen würde, wie trügerisch Worte, in der Leidenschaft gesagt, sein konnten.

Im Grunde ist alles Leben ein Prozess des langsamen Niedergangs. Es sind die Schläge, die das eigentlich Dramatische dabei ausmachen – die plötzlich von außen kommen.

FREIFRAU ZU MEYER-STUBNITZ
ERKLÄRT DIE LIEBE

Kind, der erste Eindruck zählt«, war eine der vielen Weisheiten aus dem Banalitätenkästlein ihrer Mutter. Es hat seine Zeit gebraucht, ehe Henriette sich darüber klar geworden war, dass ein erster Eindruck nicht die ganze Wahrheit darstellte. Ihre Mutter hatte sich wieder einmal geirrt.

Freifrau zu Meyer-Stubnitz, ihre Nachbarin, war für Henriette ein exemplarisches Beispiel. Beide waren sich auf einem Gartenfest des Argentina Cunsolate General in Hamburg über den Weg gelaufen. Man tauschte gegenseitig Höflichkeiten aus. Dann die Zeit nach dem Gartenfest: ein freundlicher Gruß, eine kurze oberflächliche Unterhaltung im Treppenhaus. Nach einer gewissen Zeit folgten auch längere Gespräche. Schließlich bat die eine die andere zum ersten Mal in die Wohnung. Eine Tasse Kaffee hier, ein Glas Wein dort. Letztlich auch ohne das *Du* eine große Vertrautheit.

Es läutete. Es läutete ein zweites Mal. Gedankenversunken schloss Henriette das Küchenfenster und öffnete ihre Wohnungstür. »Hallo Henriette, haben Sie Lust auf eine Tasse Kaffee?«

»Sagen Sie, Freifrau, wie haben Sie die Liebe zu Ihren Eltern empfunden?«

»Wie bitte?« Verblüfft sah Freifrau zu Meyer-Stubnitz Henriette an. »Henriette, was ist los? Nun kommen Sie mal mit rüber!«

»Eigentlich wollte ...«

»Kommen Sie schon! Wie es mir scheint, wird Ihnen ein Glas Wein guttun!« Henriette nahm ihre Wohnungschlüssel und folgte Freifrau zu Meyer-Stubnitz, die noch auf dem Weg begann, die Frage zu beantworten: »Wie ich die Liebe meiner Eltern empfunden habe? Nun, überhaupt nicht, Henriette, sie war eben da. Ich habe nie darüber nachgedacht. Ich wusste, da waren zwei, die mich in ihre Arme nahmen, mich beschützt und mir auch mal eine Lektion erteilten. Aber warum fragen Sie? Bitte setzen Sie sich doch, Henriette.«

»Die Kinder am Kanal! Ich habe mich gefragt, was sie von der Liebe wissen.«

»Und? Sind Sie zu einem Ergebnis gekommen?«

»Nein, nicht wirklich.«

»Die Liebe zu Männern ist natürlich etwas ganz anderes als die Liebe zu den Eltern. Mir haben die Männer sehr früh von ihrem Baum des Lebens die faulsten Früchte gepflückt. Da schalten wir Logik und Verstand aus. Die Liebe ist dann oft ein Gefühl, das wir nicht kontrollieren können. Trotzdem hatte ich mit ihnen meinen Spaß. Und verletzen – das konnte ich bald besser als sie! Ich wusste genau, was ich im Bett wollte, und das reichte mir. Und wenn es nicht reichte – *arrivederci*! Die Liebe, Henriette, ist ein flüchtiges Ding, so flüchtig wie der Duft eines blumigen Parfüms. Sie sagt nicht einmal Adieu, wenn sie geht. Ich habe es bei befreundeten Paaren erlebt. Da war nur noch Degout, verbunden mit der bitteren Frage: War das alles – war das die Liebe? Da hole ich mir doch lieber einen entlohnten Reitknecht ins Bett und lasse mich von ihm kompetent anlügen. Der Einzige, der die Liebe in unseren Herzen gefangen hält, ist der Tod. Was man tief in seinem Herzen besitzt, kann man nicht durch den Tod verlieren, sagte schon unser Goethe!« Freifrau zu Meyer-Stubnitz machte eine Pause und sah Henriette an, die in ihre Gedanken vertieft war.

Ich muss Lydia anrufen! Muss mit ihr endlich über Jean-Marc sprechen. Die Presse wartet an jeder Straßenecke. Aber was mache ich? Ich höre mir diesen seltsamen Monolog über die Liebe an. Ich darf meine Energie nicht an den Schmerz verlieren, dann schaffe ich diese Russlandtournee nicht. Diese Angst! Anstatt hier zu sitzen, wäre es sinnvoller, an Schuberts Rondo zu arbeiten. Das Auftaktkonzert in St. Petersburg ist ausverkauft. Nur eine Woche habe ich noch Zeit! Sollte ich absagen? – Ich muss mich auf andere Gedanken bringen.

»Was ist mit Ihnen, Henriette? Um Himmels Willen, langweile ich Sie?«

»Nein, nein!« *Jetzt werde ich auch noch lügen müssen.* »Ich musste nur an mein Haus in Mur de Bretagne denken. Ich werde es verkaufen und mir in Hamburg ein Neues suchen.«

»Und Guerlaine?«

Henriette war die Nachfrage äußerst unangenehm. Mit dem Vorwand, sie erwarte auf dem Festnetz noch einen Anruf, verabschiedete sie sich von ihrer Nachbarin.

»Ein Anruf von Guerlaine?«

»Ja!« Dieses *Ja* ist die kürzeste und letzte Lüge in diesem Chaos, schwor sich Henriette. So geht es nicht! Immer diese Ausreden und Unwahrheiten! Eine wohlüberlegte Presseerklärung musste her. Über den Anlass der Trennung sollten sich Lydia und Goldstein den Kopf zerbrechen. Die Wahrheit jedenfalls würde es nicht geben. Doch irgendetwas würden sie sagen müssen. Die Gerüchteküche brodelte bereits eine ganz Weile.

* * *

›Ein Traumpaar geht getrennte Wege: Nach drei Jahren haben sich Henriette von Flint und Jean-Marc Guerlaine getrennt.‹ Das berichtete die Nachrichtenagentur Reuters unter Berufung auf Guerlaines Managerin Lisa Goldstein. Weiter hieß es: ›Nachdem Jean-Marc Guerlaine seine Dreharbeiten in Paris beendet hatte, gab das Glamour-Paar seine Trennung bekannt. ›Ob nun Star oder nicht, wenn die Liebe zerbricht, tut es immer weh‹, sagte der Hollywoodschauspieler auf einer Pressekonferenz. ›Obwohl es so aussah, waren wir nicht füreinander bestimmt.‹ Jean-Marc Guerlaine und Henriette von Flint gehören zu den Großen auf den roten Teppichen dieser Welt und sind beide in ihrer Berufung unverwechselbar ...‹

RUSSLAND

Die Presse beobachtete die beiden nach wie vor mit Argusaugen. Nach diesem emotionalen Tiefpunkt in ihrem Leben sollte es nun für Henriette wenigstens beruflich wieder bergauf gehen. In Russland war man verzaubert von ihr. Sie erschien auf den Titelseiten diverser Zeitschriften, in denen ihren Fans in rührenden Worten Henriettes Leben geschildert wurde. Ein französischer Korrespondent von *Paris Match* fragte in einer Presskonferenz nach der Wahrheit hinter dem Aus.

»Eine öffentliche Liebe zu leben, ist nicht leicht«, antwortete ihm Henriette, »die Öffentlichkeit liebt mit, und das hält nicht jede Liebe aus.«

»Ist der wahre Grund vielleicht nicht doch die amerikanische Schauspielerin Elisabeth Garden, die mit Guerlaine in der Liebesromanze ›Lost in Love‹ vor der Kamera stand?«, hakte der Korrespondent von *Paris Match* nach. »Könnte die smarte 25-Jährige nicht auch privat ein Tête-à-Tête mit dem Superstar gehabt haben? Sie ist schwanger ... Warum haben Sie Guerlaine wirklich verlassen, Frau von Flint?«

Henriette sah den Mann an und lächelte. »Ich habe es Ihnen doch gerade erklärt! Aber wenn Sie es nicht verstanden habe, dann sind sie vielleicht ein bisschen zu alt für ihren Job.«

Gelächter.

»Fotos mit Ihnen und Jean-Marc ließen uns an die große Liebe glauben!«, bohrte er weiter, von dem Gelächter seiner Kollegen unbeeindruckt.

Henriette trank einen Schluck Wasser aus dem Glas, das man ihr gereicht hatte. »Fotos sind trügerisch und geben nur dem Moment eine Dauer. Danke, meine Damen und Herren, das war's! Und kommen Sie doch morgen in mein Konzert, dann erzähle ich Ihnen mehr über meine große Liebe.« Henriette machte eine kleine Pause. »... meine große Liebe zu Mendelssohn-Bartholdy.«

* * *

In St. Petersburg hatte sie einen überwältigenden Erfolg. In Jekaterinburg musste sie Zugaben geben. Es war etwas völlig Neues für Henriette. In Omsk wurde sie wie ein Theaterstar auf Händen zu ihrem Wagen getragen. In Nischni Nowgorod, Rostow, Kasan, Nowosibirsk nur Jubel, Empfänge, Ehrungen. Da war eine Begeisterung für die klassische Musik, wie sie es sonst in keinem anderen Land erlebt hatte. Es tat ihr gut, hier in Russland nur die Konzertgeigerin Henriette von Flint zu sein und nicht die ›abgelegte‹ Geliebte des Hollywoodstars Jean-Marc Guerlaine.

DAS ABSCHLUSSKONZERT IN MOSKAU

Die russische Presseagentur TASS meldet am späten Abend des 23. Juni 2012, dass die deutsche Geigerin Henriette von Flint ihr Abschlusskonzert in Moskau abbrechen musste. Nach Aussagen ihres Management konnte sie das Violinenkonzert D-Dur op.35 von Pjotr Iljitsch Tschaikowsky wegen einer Lähmung in der rechten Hand nicht beenden. Tschaikowskis Violinenkonzert zählt zu den bekanntesten und meistgespielten Violinenkonzerten überhaupt und war die meistumjubelte Darbietung ihrer Russlandtournee.‹

* * *

In dem Moment, als das *attacca subito* des dritten Satzes die plötzliche Schwermut des Vorgängersatzes unterbrach und zu den zwei beschwingten Hauptthemen des Finalsatzes führen sollte, trat die Lähmung auf. Wie in Zeitlupe sah Henriette ihren Geigenbogen fallen und auf den Bühnenboden aufschlagen. Er federte ab und traf einen Konzertbesucher in der ersten Reihe des Tschaikowsky-Konzerthauses an den Kopf. Fassungslos sah Henriette den

Besucher an. Der reagierte schnell und reichte unter Applaus Henriette den Bogen. Sie versuchte, ihn zu ergreifen, doch ihre rechte Hand blieb gefühllos, konnte den Bogen nicht fassen. Dirigent Poljakov kam ihr zu Hilfe und nahm dem Besucher den Bogen ab.

Ein Trauma.

Dann traten Schmerzen auf. Lydia Lewitzky und ihre Dolmetscherin, Inna, brachten Henriette ins Moskauer European Medical Center. Professor Bellov, von der Dolmetscherin benachrichtigt, diagnostizierte eine Sehnenscheidenentzündung im rechten Handgelenk, entstanden durch Überbeanspruchung, und stellte es mit einer Schiene ruhig. Henriette empfahl er, in Hamburg sofort einen Neurologen aufzusuchen. Denn eine Überbeanspruchung hielt er nicht allein für den Grund dieser Entzündung. Möglicherweise leide sie auch an einer neuromuskulären Erkrankung, erklärte er, da Henriette auch von einer Taubheit in der rechten Hand und einem Kribbeln in den Beinen gesprochen hatte. Er empfahl ihr seinen Kollegen, den Neurologen Professor Dr. Bastian, der in Hamburg praktizierte. Wenn sie es wünsche, würde er ihn am nächsten Tag durch einen Anruf informieren.

Es war fast ein Uhr morgens, als Henriette zurück ins Hotel Baltschug Kempinski gebracht wurde. Völlig unerwartet für Henriette standen Fans vor dem Hotel und jubelten ihr zu, als man sie im Wagen erkannte. Sie stieg aus und ging zu ihnen. Mit Tränen in den Augen verabschiedete sie sich von den vielen besorgten Menschen und versprach, dass sie Tschaikowskis Violinenkonzert für alle Moskauer auf dem Roten Platz wiederholen würde, wenn sie wieder gesund sei.

Bis auf kurze Momente, in denen sie eindämmerte, hatte Henriette den Rest der Nacht wach gelegen. Dieses plötzlich aufkommende Gefühl bekam sie nicht unter Kontrolle. Es war ihr nicht neu, dieses Bedrohliche. Dieses Hoffen und Bangen. Diese unbestimmte Bedrückung. Sie bestellte sich Kaffee. Kaffee und eine Zigarette genügten ihr. Deprimiert sah sie aus dem Fenster auf den Roten Platz. Das letzte Mal den Kreml! Das letzte Mal die Basilius-Kathedrale. Ein undeutliches Vorgefühl überkam sie. Sie wird ihr gegebenes Versprechen nicht halten können.

Zurück ins Leben

Ihre Augen funkelten zornig, wenn sie über ihre Erkrankung sprach. »Reicht es nicht langsam mal mit dem ganzen Unglück? So zu leben kostet Kraft!«

»So ist es nun mal! Es geht nicht nur Ihnen so, Frau von Flint«, antwortete Gabi Klose, ihre Physiotherapeutin barsch, um Henriettes negative Haltung zu ihrem Körper gar nicht erst aufkommen zu lassen.

»Seien Sie froh, dass es nicht das Barre Syndrom ist, wie man vermutet hatte. Dann sähe alles aber ganz anders aus!«

»Es hat so etwas von Hinterlist, wenn man auf diese Art von seinem Körper verlassen und bestraft wird.«

»Quatsch, Ihr Körper hat Sie nicht bestraft! Ihre Polyneuropathie ist durch eine virale Vorerkrankung entstanden. Nun seien Sie nicht so mutlos! Ihre Hand haben wir doch wieder ganz gut hinbekommen. Und das schaffen wir mit Ihren Füßen auch. Denken Sie doch mal daran, wie schlecht es Ihnen gegangen ist, als Professor Bastian Sie in die Neurologische überwiesen hat. Sie können doch schon wieder geigen und ein paar Liedchen spielen.«

»Geigen und ein paar Liedchen spielen! Gabi, ir-gendwann werfe ich Sie hier raus!«

Beide fingen herzhaft an zu lachen.

DIE EINLADUNG

Ein satter Ton aus einem Typhon tönte dumpf von der Elbe hoch. Es war später Nachmittag. Gedämpftes Lachen klang aus einem der Nachbargärten. Männliche Mücken vollzogen summend ihren Balztanz. Es roch nach frisch gemähtem Gras, und Akin, Henriettes Spaniel, war hörbar in Morpheus Arme gefallen. Er lag unter einem Apfelbaum und schnarchte.

Sie hörte nicht das Lachen aus den Nachbargärten, ihre Augen sahen nicht den Tanz der Mücken. Auch Akin, der aufgewacht war und sich jetzt neben ihren Rollstuhl legte, interessierte sie nicht. Ihr war einfach nur nach Heulen zumute. Verdammt noch mal, Jean-Marc, warum gerade Stefan Zweigs ›Ungeduld des Herzens‹? Wütend warf sie die Einladung auf den Gartentisch.

Sie waren glücklich gewesen. Es war Liebe und ein Versinken in Leidenschaft. Dann Paris. Das Erstaunen, der Zweifel, das Nicht-glauben-Wollen, die Trennung. Es waren nur fünf Minuten im Hôtel Balzac, die ihrer beider Leben wieder einmal von Grund auf verändert hatten. Und jetzt diese Einladung von Paramount Pictures. Jean-Marc Guerlaine bat zur Premiere seines Films ›Beware of Pity‹. Eine Neuverfilmung von ›Ungeduld des Herzens‹.

Für die bunten Blätter waren sie das Liebespaar des Jahrzehnts gewesen. Der Hollywoodbeau und die Stargeigerin. Als die Schreiberlinge jedoch mitbekommen hatten, dass sie und Jean-Marc getrennte Wege gingen, wurden sie widerwärtig. Gerüchte und Vermutungen, ja, ganze Trennungsgeschichten wurden erfunden. Unerträglich wurde es, als kurz nach ihrer Trennung bekannt wurde, dass Henriette erkrankt war. Eine englische Presseagentur verbreitete sogar, Jean-Marc hätte sie wegen dieser Erkrankung verlassen. Eine Infamie, die sich aber bis heute in den Zeitungen gehalten hatte.

Nein, mein lieber Jean-Marc, diese Häme werde ich der Presse nicht gönnen! Ich werde mir daher nicht in Anwesenheit dieser Meute und Hamburgs Uppercrust die Geschichte des jungen Leutnants Anton Hofmiller ansehen – dessen Zuneigung zu einem gelähmten Mädchen nicht Liebe, sondern subtiles Mitleid gewesen war. Es wäre ein Fressen für die Journaille, wenn ich im Rollstuhl über den roten Teppich geschoben würde.

INKOGNITO

Eigentlich sollte er laut Pressemitteilung erst heute am frühen Nachmittag in Hamburg ankommen. Doch um Henriette vor der Premiere von ›Beware of Pity‹ unerkannt von der Presse sprechen zu können, hatte Jean-Marc eine Maschine genommen, die am gestrigen Samstagabend sehr spät in Hamburg gelandet war. Soweit machbar, hatte die Fluggesellschaft und die Flughafenleitung in Hamburg sein Inkognito gewahrt. Man hatte ihm kurz vor der Landung eine Uniform des Kabinenpersonals anziehen lassen. Sie war zwar etwas zu groß, aber er war sicher und unbehelligt mit der Crew durch die Abfertigung gekommen. Am Flughafen wartete Lydia Lewitzky in ihrem alten VW auf Jean-Marc, um ihn zu Cesare zu bringen, bei dem er übernachten wollte.

Am nächsten Morgen, dem Premierensonntag, dann das Treffen mit Henriette. Er hatte alles vorbereitet. Als Handwerker getarnt, fuhr er mit Lydias Volkswagen in Richtung Neuer Elbtunnel. Doch trotz seiner Stadtkenntnisse, die er sich in seiner Studentenzeit als Fahrradbote erworben hatte, verfuhr er sich auf St. Pauli. Jean-Marc musste nach dem Weg fragen. In einer unbelebten Nebenstraße hielt er, öffnete die Wagenfenster, um eine ältere Frau, die auf ihrem Rollator vor einer Haustür saß, nach dem Weg zum Elbtunnel zu fragen

»Hallo ...«

»Is watt? Wenn Se watt wolln, komme rüber. Oder sind Se zu einjebildet? Bist doch keen Filmstar oder so watt?« Neugierig sah sie ihn an.

Jean-Marc aber saß mal wieder der undisziplinierte Schalk im Nacken. »Oh doch, sogar ein großer!«

»Bist ja'n hübsches Herzchen, Kleener! Aba Filmstar mit'n Blaumann und klapperigen Volkswagen — nee! Aufjeblasen biste wohl ja nich?« Sie lachte laut, zahnlos, und erklärte ihm danach den Weg zum neuen Elbtunnel. »Meen Willy fährt immer so! Küsschen, meen Süßer, und komm mir mal besuchen«, flötete sie hinter ihm her.

DAS WIEDERSEHEN

Henriettes rechte Hand zitterte, als sie begann, sich Beethovens Violinenkonzert op.61 zu erarbeiten. Resigniert legte sie Geige und Bogen beiseite und rollte in ihr Arbeitszimmer. Du solltest lieber Stücke mit Tremolo spielen, meinte ihr Galgenhumor. Sie war nervös. Wie hatte Aschberger wohl auf ihr Manuskript über Mendelssohn reagiert? Sie hatte es ihm an sein private E-Mail-Adresse geschickt. Ob er sich an die Abmachungen halten würde? Bisher hatte er sich nicht gemeldet. Nun, keine Antwort ist auch ne Antwort, Aschberger, dachte sie.

Und dann war er wieder da – der Zufall, ihr Tatütata des Schicksals.

Kirsten stürzte mit Henriettes Geschäftshandy, das sie auf dem Frühstückstisch hatte liegen lassen, ins Arbeitszimmer. »Ich hab mit ihm gesprochen ... Oh mein Gott!«

»Mit Aschberger?«, fragte Henriette irritiert, angesichts einer solchen Begeisterung für ihren Verleger. »Oh nein, Frau von Flint!« Aufgeregt reichte Kirsten, Henriettes dänisches Hausmädchen, ihr das Handy.

»von Flint?«

»Hallo Henriette.«

»Jean-Marc?«

»Ja.«

Henriette bekam feuchte Augen. Sie wollte sich nicht in Tränen auflösen und versuchte, diese zurückzuhalten. Sie wollte tough sein, schaffte es aber nicht.

»Nicht weinen, mon amour.«

»Jean-Marc, bitte, bitte nicht so! Sei vernünftig!«

»Ich will nicht vernünftig sein, ich will glücklich sein!«

»Glücklich sein? Ja, das wollten wir! Ich erinnere mich an Paris. Wir liebten uns! Nur das würde zählen, meinten wir. Wir könnten es schaffen, meinten wir! Vor die Presse wollten wir treten. Wollten alles erklären. Glaubten an Verständnis. Und wir hätten sogar auf unsere Karrieren verzichtet, wann man uns gezwungen hätte. Es war uns egal, ob unsere Liebe im Recht war. Doch wir hatten beide einen guten Sinn für Augenwischerei. Wir konnten uns nicht gegenseitig täuschen. Es geht nicht, das wussten wir beide ... Lass uns dabei bleiben, Jean-Marc! Bitte! Also, warum rufst du mich an?«

»Meine Großmutter ist gestorben.«

»Das tut mir leid.«

»Aber das ist nicht der Grund, warum ich mit dir sprechen möchte. Das sollten wir aber nicht am Telefon bereden. Kann ich zu dir kommen?«

»Damit wir wieder streiten wie in Paris?«

»Ich möchte mich lieber mit dir streiten als eine

andere lieben!« Die Kleine aus Nachbars Garten winkte zu Henriette rüber. »Moment, es klopft!«, sagte Henriette und blickte zur Tür. »Ja bitte!«

»Frau von Flint?«

»Was ist denn noch, Kirsten?«

»Entschuldigen Sie die Störung. Das geht mich ja nichts an, aber der Herr Guerlaine sitzt draußen in Frau Lewitzkys altem VW und telefoniert mit Sie. Ist das nicht irgendwie komplet idiotisk? Soll ich ihn lieber reinholen, dann können sie mit ihm doch von Auge in Auge sprechen.«

Aus Henriettes Handy klang schallendes Gelächter.

»Findest du das vielleicht komisch?«

»Ja! Deine Kirsten findet es doch auch komplett idiotisk, was wir hier treiben.«

»Nicht wir! Was du treibst, Jean-Marc!«

»Nun komm, Henriette.«

»Und wie viele Zeitungsmenschen lungern vor meiner Haustür?«

»Da steht keine von die Zeitung!«, beeilte sich Kirsten zu erklären.

* * *

»Jean-Marc, was willst du hier?« Langsam drehte sie ihren Rollstuhl vom Fenster in Richtung der Stimme, die sie zwei Jahren nicht gehört hatte. Sie legte das Handy beiseite und sah ihn an – nur für Sekunden.

Ihm kam es vor wie eine Ewigkeit. »Was willst du, Jean-Marc?«

»Dich! Es gibt Momente, Henriette, da wünsche ich mir, die Zeit zurückdrehen und die Tristesse herausnehmen zu können.«

»Da hängt ein Spiegel, sieh dich an und dann mich! Danach beantworte mir noch einmal meine Frage.«

»Ich habe sie dir beantwortet, Henriette.«

»Du willst also mich? Eine Frau, die im Rollstuhl sitzt und es grade noch schafft, allein zur Toilette zu gehen.«

»Oui, Madame!«

»Jean-Marc, wach auf – bitte!«

»Ich bin wach, ma chérie.«

»Das Beste, was von unserer Liebe geblieben ist, ist eine zärtliche Erinnerung. Zerstör sie nicht!«

»Henriette, ich komme nicht hierher, um etwas zu zerstören. Ich komm zu dir, weil du die wunderbarste Frau bist, der ich je begegnet bin. Und Großmutters Perlen geben uns das Glück zurück. Wir können wieder zusammen sein. Lass es dir erklären!« Er kniete vor Henriette nieder und legte seinen Kopf in ihren Schoß.

»Ach, Jean-Marc!« Sie strich über sein Haar und küsste es. Ich muss verrückt sein, dachte sie. Im gleichen Moment wurde ihr bewusst, dass er in ihrem Leben bleiben würde. Dass sie ihn nicht einfach löschen konnte wie ein Wort aus ihrem Manuskript über Mendelssohn. Sie hatte nie aufgehört, ihn zu lieben, und das, so fühlte sie, würde ihr Schicksal bleiben.

* * *

Die Kleine aus Nachbars Garten zeigte auf das Panoramafenster von Henriettes Arbeitszimmer.

»Guck mal, Mama, da steht Henriettes Schauspieler!«

Die Mutter sah kurz zum Fenster hin. »Kind, deine Fantasie möchte ich haben. Das ist nur ein Techniker, Henriettes Waschmaschine ist kaputt ... Das weißt du doch!«

»Arbeiten die denn auch am Sonntag?«

»Vielleicht hat er es gestern nicht geschafft ... Komm, Kind, Papa wartet im Wagen.«

* * *

Jean-Marc hatte sich vor ihrem Rollstuhl auf den Boden gesetzt. Mit den Armen umklammerte er die angezogenen Knie, mit dem Rücken lehnte er gegen die Wand. Neben ihm die Vase mit den Lilien. Wieder Murano, wieder Lilien, ging es Henriette durch den Kopf. Wie damals bei Cesare. Sie war über das, was hier, in diesem Moment in ihrem Inneren geschah so erstaunt, so fassungslos, dass sie sich nicht gewundert hätte, wenn es nun klopfen und Kirsten Lieke de Haan und Paul hereinbitten würde.

DIE PERLEN

Im Nachlass meiner Großmutter befanden sich in einer Kassette eine Krawattennadel deines Vaters und ein Amulett meiner Großmutter. An beiden Schmuckstücken eine rötliche Perle, dazu zwei Fotos und ein Brief. In diesem Brief schreibt sie, dein Vater und sie hätten sich kurz vor deiner Geburt für ein letztes Mal in Köln getroffen. Sie hätte ihm das Buch zurückgegeben und er ihr die Krawattennadel. Auch habe dein Vater nicht gewusst, dass Hortense seine Tochter ist. Auf beiden Fotos befindet sich der Abdruck eines Stempels. Aus diesem ist zu ersehen, dass beide Perlen in Saint-Nazaire gekauft wurden. Bei einem Juwelier, der dort in den 1960ern extravaganten Schmuck hergestellt hat. In der ...«

Henriette unterbrach ihn: »Komm, mach es nicht so spannend!«

»Ich mache es nicht spannend, Henriette, es ist spannend!« Lachend beugte er sich ein wenig vor, küsste ihr die Hand und fuhr fort: »Jede der beiden Perlen wurde mit einem Tropfen Blut gefüllt. In die Perle deines Vaters ein Tropfen Blut meiner Großmutter und in ihre ein Tropfen seines Blutes. Es seien Perlen der Liebe, steht in ihrem Brief.«

»Seltsam ... aber eine schöne Idee.«

»Dazu gab es für beide ein Erinnerungsfoto, auf dem zu sehen ist, wie sie sich gegenseitig die Perle überreichen.«

»Ich bin überrascht, dass mein Vater so etwas mitgemacht hat. Aber was hat das mit uns zu tun?«

»Geduld, Henriette!«

»Jean-Marc, das ist hier keine Drehbuchbesprechung und ich bin nicht eine deiner Schauspielerinnen, der du etwas erklären musst! Es geht doch hier irgendwie um uns ... oder?«

Er sah sie an. So voller Gefühl, dass ihr provokantes Bemühen, sich gegen seine Liebe zu wehren, wirkungslos blieb. Er wollte sie! Sie fühlte es körperlich. Ein Gefühl, dem sie sich kaum noch gewachsen sah. Sie wusste, sie würde kapitulieren.

»Mit meinen Schauspielern wäre ich nicht so geduldig!«, erklärte er ihr sanft. »Also dann, die kurze Version! Meine Mutter hat an das Tatütata des Schicksals, wie Goldstein den Zufall immer nennt, nicht glauben wollen. Ihr war das alles ein bisschen zu viel Zufälligkeit. Und sie wusste, dass ihre Mutter ... wie sagt man hier in Deutschland ... *ein leichter Vogel* war. Um endgültige Gewissheit zu bekommen, hat sie die Perle meiner Großmutter, in dem sich das Blut deines Vaters befand, aufschneiden und das getrocknete Blut mit ihrem Blut genetisch vergleichen lassen ... Henriette, wir sind nicht verwandt! War das kurz genug?«

Er lachte. Doch Henriette sah ihn wie vom Schlag gerührt an. Sie hatte alles erwartet, nur nicht das! Ihr Herz begann, wild zu schlagen und versetzte ihren Körper in höchste Anspannung, ihr war gleichzeitig heiß und kalt. Ein Zittern breitete sich über ihrem ganzen Körper aus. Wenn sie doch jetzt nur in eine gnädige Ohnmacht fallen könnte! Aber nichts.

Verlorene Jahre, so viele verlorene Jahre, ging es ihr durch den Kopf. Dann die Entspannung. Und dann die Tränen. Sie weinte, doch Jean-Marc küsste sie. Ein Kuss, wie ein heftiges, maßloses Verlangen.

* * *

Die Leidenschaft der beiden war nicht zu überhören. Kirsten vernahm sie in jedem Raum im ganzen Haus. Sie lächelte und drehte das Radio in der Küche lauter.

ANRUF VON ASCHBERGER

Doktor Aschberger bittet ...«, Kirsten atmete zweimal kurz durch, »um raschen Rückruf. Er muss gleich in eine Verlagskonferenz.«

»Nur weil Aschberger es eilig hat, müssen Sie doch nicht rennen, Kirsten.« Henriette lächelte sie an, nahm ihr das Handy ab und wählte. Auf dem Smartphone von Aschberger erschien eine Violine. »Moin Henriette, schön dich zu hören.«

»Obwohl ich in Hamburg lebe, werde ich mich nie an dieses Moin gewöhnen.«

Marcel Aschberger, beheimatet in Köln, grüßte zu jeder Tages- und Nachtzeit mit diesem in Norddeutschland verbreiteten Gruß. »*Betrügerische Hände haben kein Gleichmaß!* Was ist denn das für eine Rätselhaftigkeit?«, fiel er sofort mit der Tür ins Haus.

Henriette lachte. »Damit die Literaturkritik etwas zum Denken hat!«

»Zum Denken ... Ach nee!«

»Gerade du musst es doch wissen, Aschberger. Allzu Rundes eckt nicht an! Die Herren Literaturkritiker werden sich übertreffen wollen. Werden mein großartiges Aperçu bewerten und analysieren. Werden ihm ein Essay oder eine Eloge widmen und sich in

Pressekneipen für ihre Entladung von Unverständlichkeiten abfeiern lassen!«

»Henriette, Drogenmissbrauch ist strafbar – das weißt du?«

»Quatsch! Ich sehe nur die morgigen Schlagzeilen vor mir.«

»Schlagzeilen? Verstehe ich nicht. Wir veröffentlichen den Mendelssohn erst nächsten Monat.«

»Ich habe mich überreden lassen, heute Abend in die Premiere von ›Ungeduld des Herzens‹ zu gehen.«

»Ja, meine Liebe, wer sich in Gefahr begibt …!«

»… der sollte im Vorhinein nicht klagen! Ich weiß, Aschberger.«

»Also, Henriettchen, denk doch bitte noch einmal über dein *nettes* Aperçu nach! Und viel Spaß bei der Premiere! Moin!«

* * *

Kirsten hatte zwei der schönsten Kleider rausgelegt. Aber was helfen Äußerlichkeiten, ein schönes Kleid, ein eleganter Mantel, wenn die innere Haltung nicht stimmt? Sie hatte sich von Jean-Marc überreden lassen, über den roten Teppich gefahren zu werden. Und nun wusste sie nicht, ob sie das durchstehen würde. Vielleicht würde man sie mit Pfiffen begrüßen, sie auslachen, dann musste sie Contenance bewahren und lächeln. Sie hatte Angst.

Henriette schaltete den Fernseher ein. 18:00 Uhr, *Hamburg Journal.* Jean-Marc bei der Pressekonferenz im Atlantik. Jean-Marc, umjubelt von den Menschen vor dem Hotel. Und dann die Frage an ihn: »Wird Frau von Flint zu der Premiere ihres Films kommen?«

»Das sollten Sie besser Frau von Flint fragen!«

»Sie haben sich wegen von Flints Erkrankung von ihr getrennt. Wie ...«

»Habe ich das? Was macht Sie da eigentlich so sicher, Sie blondes Dummchen?«, unterbrach Jean-Marc sie lächelnd, stieg in den Mercedes zu Goldstein, winkte der Menge zu und ließ eine blonde dickliche Reporterin, die soeben aus allen Wolken gefallen war, mit geöffnetem Mund am Straßenrand stehen.

Henriette lachte schallend. »Danke, du Teufelskerl, ich liebe dich«, brüllte sie durchs Haus. Denn mit seinem »blonden Dummchen« hatte er sicher ihren Namen aus dem Blätterwald von morgen getilgt. Sie wäre nur eine Randnotiz. Sein ›Frauenbild‹ würde die morgige Schlagzeile sein, nicht die Frau im Rollstuhl. Dafür würde schon die Kolumne von Schwarzer in einem Boulevardblatt sorgen.

VOR DER PREMIERE

Jubeln! Kreischen! Selfies! Hamburg im Guerlaine-Alarm. An diesem Sonntag feiert Hamburg eine Filmpremiere im Cinemaxx, wie es sie hier in der Hansestadt seit Langem nicht mehr gegeben hat«, versuchte sich ein Reporter vom NDR mit seinem Mikrofon gegen die laut schreiende Menge durchzusetzen. »Hamburg rollt den roten Teppich aus für Jean-Marc Guerlaine und seinen Film ›Ungeduld des Herzens‹. Eine tragische Liebesgeschichte. Ein Film, bei dem Guerlaine die männliche Hauptrolle spielt und zum ersten Mal Regie führte. Die Begeisterungsstürme Hunderter von Fans kennen keine Grenzen, wenn die Prominenten und Stars einmal im Cinemaxx persönlich vorbei schauen, so wie eine unserer Senatorinnen.« Die Kamera ging von der Großaufnahme in einen Weitwinkel und zeigte nun eine Dame neben dem Reporter. »Guten Abend, Frau Senatorin. Was verbinden Sie mit ›Ungeduld des Herzens‹ und Stefan Zweig?«, fragte er und hielt ihr das Mikrofon unter die Nase.

»Wir von den Grünen verurteilen aufs Schärfste, dass ihre Kollegin von Guerlaine als *blondes Dummchen* bezeichnet wurde.«

»So! Aha!«

»Wir erwarten, genau wie die LINKE, eine Entschuldigung von Monsieur Guerlain!«

»Na dann! Schönen Abend noch, Frau Senatorin.«

Die Senatorin wurde ausgeblendet, der Reporter berichtete frenetisch weiter: »So viel Prominenz, wie hier in Hamburg über den roten Teppich läuft, sieht man nicht alle Tage. Es ist sensationell. Hören Sie den Jubel! Das Klatschen! Die Limousine von Paramount fährt vor. Catherine le Grand, die Hauptdarstellerin, steigt aus. Mit unbekannter Begleitung und in einem wunderschönen blauen Abendkleid, jedoch ohne Jean-Marc Guerlaine. Enttäuschung macht sich bemerkbar. Was ist los? Wo bleibt Guerlaine? Le Grand gibt Autogramme, lächelt und verschwindet mit ihrer Begleitung im Theater. Eine zweite Limousine fährt vor. Ist es jetzt Guerlaine? ... Ja, er ist es! Neben ihm eine unbekannte Schöne. Der Mercedes hält. Der Beifahrer springt aus dem Wagen und öffnet die Tür des Fonds. Guerlaine steigt aus. Wieder Jubel! Pfeifen! Tosender Beifall! ... Und dann gespannte Ruhe. Etwas unbeholfen steigt eine attraktive Frau aus dem Fond und wird von Guerlaine gestützt. Wer ist sie? Der Beifahrer holt aus dem Kofferraum einen Rollstuhl, in den sie sich setzt. Ungläubiges Staunen. Einige Fans haben Tränen in den Augen, andere halten sich die Hand vor den Mund. Die Zuschauer erleben einen Glanzpunkt dieses Abends. Meine Damen und Herren, es ist der

Wahnsinn! Jean-Marc Guerlaine begleitet Henriette von Flint in ihrem Rollstuhl in das Theater. Jubel! Hören Sie die Rufe. Die Fans feiern das einstige Traumpaar.« Der Reporter verstummte, dafür hörte man nun eine Menschenmasse »Henriette und Jean, Henriette und Jean« rufen. »Meine lieben Zuschauer, es ist unbeschreiblich, was sich hier abspielt ... Oh, ich höre gerade aus unserer Regie, die Sendezeit ist zu Ende. Wir müssen Platz manchen für die Tagesschau. Tschüss, und denken Sie daran: Glück ist Liebe, nichts anderes. Wer lieben kann, ist glücklich. Noch einen schönen Sonntagabend.«

LIEBE IST EWIGE GEGENWART

Catherine le Grand und ein beschwingter Jean-Marc Guerlaine verbeugten sich auf der Bühne des Cinemaxx. Standing Ovations, Jubel. Seine Erstlingsregie war gut angekommen. Und dann passierte das, was in der Filmgeschichte einmalig bleiben wird. Das Licht auf der Bühne wurde gedämmt. Die Besucher, schon im Begriff zu gehen, blieben stehen und drehten sich noch einmal zur Leinwand.

Leise Akkordeonmusik. Eine Bootsfahrt. Paris. Die Seine bei Sonnenuntergang. Dann ein Schwenk aufs Wasser und von dort auf die Finger eines Akkordeonspielers.

Halt mich nah bei dir und halt mich fest.
Den magischen Zauber, den du bewirkst,
das ist, wie durch eine rosarote Brille zu sehen.

Die Kamera löst sich von dem Akkordeon, fährt zurück in die Totale und zeigt Jean-Marc unter dem Pont d'Arcole mit seinem Instrument. Straßengeräusche. Im Hintergrund singt Edith Piaf ›La vie en Rose‹. Leise fällt das Akkordeon in die Melodie ein. Verhalten untermalt es die Sprechstimme. Dann wieder Zoom auf das spielende Akkordeon. Es erscheinen Einblendungen. Schemenhafte Videosequenzen von alten Handyaufnahmen.

Wenn du mich küsst, dann seufzt der Himmel.
Und auch wenn ich meine Augen schließe,
sehe ich die Welt durch eine rosarote Brille.

In den Sequenzen sieht man Henriette von Flint lachend auf dem Montmartre, nachdenklich auf dem Eiffelturm. Beide vor dem Moulin Rouge, albern und verliebt. Henriette von Flint in New York, dann wieder Paris.

Wenn du mich an dein Herz drückst,
befinde ich mich in einer anderen Welt.
Einer Welt, in der Rosen blühen.
Und wenn du sprichst, singen Engel von oben.

Beide küssen sich vor Sacré-Cœur de Montmartre. Menschen lächeln und Kinder winken.

Alltägliche Wörter scheinen
zu Liebesliedern zu werden.
Gib mir dein Herz und deine Seele.

Valse Musette ist zu hören, Bilder von Paris sind zu sehen. Mit dem Porträt einer lachenden Henriette von Flint blendet der Film aus.

* * *

»»Als meine Lippen deine das erste Mal berührten, da wusste ich, dass ich sie nie vergessen könnte‹, sagt Edith zu Anton Hofmiller in *Ungeduld des Herzens*. Dieser wunderbare Film wird nicht allein in Erinnerung bleiben«, schreibt der Tagesanzeiger. »Auch an die Premiere in Hamburg wird man sich erinnern. Eine Liebeserklärung an Henriette von Flint? Offensichtlich! Eine Hommage an die Vergangenheit. Man wird sich erinnern an eine unvergleichliche Liebe, die zerbrochen schien! ›Niemand ist fort, den man liebt: Liebe ist ewige Gegenwart‹, sagt Stefan Zweig. So ist es jetzt! So wird es ewiglich sein!«

MARRAKESCH
EINEINHALB JAHR SPÄTER

Sie gerieten immer weiter in die Altstadt. Einem Durcheinander aus Gassen und Basaren. Die Luft war stickig. Der Boden staubig. Es hatte seit Langem nicht mehr geregnet. Schreie auf den Basaren. Händler mit Turban boten alles feil, was es feil zu bieten gab. Fremde Laute, arabisch und rau, schwirrten um sie herum. Fäuste wurden gegen den Jeep erhoben. Und dann der Schuss!

* * *

Jean-Marc Guerlaine lag auf einem Bett in einem verschmutzten Zimmer des Hotels La Rose bleu in Marrakesch. Ihm klebten die Kleider am Leib. Es war heiß im Raum. Kein Strom, keine Klimaanlage. Leere Whiskeyflaschen standen auf dem Tisch. Immer wieder und wieder dachte er über den Tag in Tanger nach. Sie waren auf Motivsuche für seinen nächsten Film gewesen. Hätte er doch auf die Gendarmerie royale marocaine gehört. Hätten sie sich doch begleiten lassen. Aufs Neue hörte er den Schuss, der Henriette getötet hatte. Sah sie im Jeep sitzen. Tot! Wenn er dann endlich einschlief, betrunken, sah er die bösartigen Augen der verschleierten Frauen. Hörte das hasserfüllte Lachen der Männer, als der tödliche Schuss fiel.

* * *

Sie las den letzten Satz des Artikels ›Selbstmord in Marrakesch‹: *Und überall an den Wänden steht dieses verzweifelte ›Warum?‹.*

Liza Goldstein wischte sich die Tränen aus dem Gesicht, sagte: »Meschugge biste gewesen, Guerlaine.« Dann faltete sie die Zeitung zusammen und warf sie in den Papierkorb.

FIN

Inhalt

Zeitfracht Medien GmbH
Ferdinand-Jühlke-Straße 7
99095 Erfurt, Deutschland
produktsicherheit@kolibri360.de